नक्सली

कहानी संग्रह

बृज किशोर

अंजुमन प्रकाशन

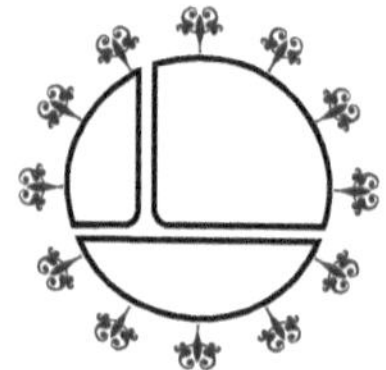

नक्सली (कहानी संग्रह)
© : बृज किशोर (सर्वाधिकार सुरक्षित)

मूल्य भारत में ₹ 150
मूल्य विदेश में $ 8

प्रकाशक :   अंजुमन प्रकाशन
             942, मुट्ठीगंज, प्रयागराज -211003
             उत्तर प्रदेश, भारत
             वेबसाइट : anjumanpublication.com
             ईमेल : anjumanprakashan@gmail.com

संस्करण   : प्रथम, 2018
आवरण   : श्री कम्प्यूटर्स, प्रयागराज
टाइप सेटिंग   : श्री कम्प्यूटर्स, प्रयागराज
मुद्रक   : रे्प्रो नॉलेजकास्ट लि., ठाणे
ISBN   : 978-93-88556-00-2

वंदना

।। ॐ श्री गणेशाय नमः ।।

विघ्नहर्ता, सिद्धिविनायक, भगवान श्री गणेश जी के

चरणरूपी कमलों में

कोटि-कोटि

प्रणाम

समर्पण

त्याग एवं तपस्या की मूर्ति, सदैव प्रेम और स्नेह
बरसाने वाली माता के कमलरूपी चरणों में
सादर समर्पित

भूमिका

तत्कालीन समाज की पृष्ठभूमि ही साहित्य का सृजन करती है, इसलिए साहित्य को समाज का दर्पण कहा जाता है। यह कहानी-संग्रह इस कथन पर खरा उतरता है। इस कहानी संग्रह के एक-एक पात्र, पाठक के इर्द-गिर्द घूमते मिलेंगे। सुधी पाठक यह सोचने पर विवश हो जायेंगे कि कहीं वे भी इस कहानी का हिस्सा तो नहीं हैं। कहानी पठन के उपरांत किसी भी व्यक्ति में यदि थोड़ा सा भी अंतःकरण जाग्रत होता है, तो मैं अपना परिश्रम सार्थक समझूँगा।

धन्यवाद।

बृज किशोर

अनुक्रम

1

लावारिस

कमर में लुंगी एवं बदन पर गंजी, एक हाथ में कटोरा एवं दूसरे में लाठी, यही उस वृद्ध की पहचान थी। रोड के किनारे गुमसुम बैठे हुए, कुष्ठ रोग से पीड़ित उस वृद्ध को मैंने माँगते हुए कभी नहीं सुना। राह चलते लोग स्वतः ही उनके डिब्बे में खाने-पीने का सामान या सिक्का डाल देते थे।

पूछताछ से मालूम हुआ कि वृद्ध महाशय का संबन्ध बिहार के आरा शहर के एक कुलीन घराने से है। कुष्ठ रोग से पीड़ित होने पर या तो घर वालों ने निष्कासित कर दिया, या फिर उपेक्षा एवं तिरस्कार नहीं सह पा सकने के कारण उन्होंने स्वयं गृह का त्याग कर दिया।

सन् 2007 का वर्ष था। भयंकर सर्दी पड़ रही थी। थैला हाथ में लिए मैं बाजार की तरफ अपनी धुन में चला जा रहा था। सड़क के किनारे कुछ लोगों को खड़ा देखकर माथा ठनका। पास गया तो आशंका सत्य साबित हुई। वृद्ध महाशय इस संसार को छोड़ चुके थे। कुष्ठ रोग से पीड़ित निर्बल एवं जर्जर काया भयानक ठंड को बर्दाश्त नहीं कर पाई। वृद्ध की बेजान आँखें एकटक आसमान की तरफ देख रही थीं, मानो कह रही हों- ''हे ईश्वर, यह दिन दिखाने में इतनी देर क्यों?'' मन बहुत ही गमगीन हो गया। बाजार से जल्दी ही लौट आया। किसी कार्य में मन नहीं लगा।

आँखों के सामने बार-बार वृद्ध महाशय का चेहरा घूम रहा था। मन में बार-बार सवाल उठ रहे थे... क्या हम भारतीय, अपने पूर्वजों से विरासत में

मिले संस्कार को भूलते जा रहे है? क्या हम उस श्रवण कुमार को भूल गए, जिसने अपने अंधे माता-पिता को काँवर पर बिठाकर तीर्थ कराया था! उत्तर यदि हाँ में है, तो धिक्कार है हम पर... यदि नहीं, तो हमें अपनी परंपरा और संस्कृति को बचाकर रखना होगा, जहाँ माता-पिता का स्थान देवी-देवता से भी ऊपर होता है। वृद्ध एवं लाचार माता-पिता को घर से निकालकर अपने बच्चों के साथ फादर्स डे एवं मदर्स डे मनाना! ये कैसी परंपरा को जन्म दे रहे हैं? ये हमारी पुरातन संस्कृति का परिहास नहीं तो और क्या है?

2

रिटायरमेंट के बाद

बाबू रामनाथ आज पैंतीस साल की नौकरी के बाद रिटायर हुए हैं। घर में जश्न का माहौल है। एक ही बेटा है; वो तो पाँच वर्ष पहले से ही बोल रहा था कि बाबूजी नौकरी छोड़ दीजिए और घर पर आराम कीजिए, परन्तु बाबू रामनाथ ने खुद ही विनम्रतापूर्वक वह प्रेमाग्रह अस्वीकार कर दिया था। आखिर घर पर बैठकर करते भी क्या।

बहू ने रामनाथ जी का कमरा सादगी से, लेकिन ढंग से सजा दिया था। पलँग के पास पीकदान रखवा दिया था। बच्चों को सख्त हिदायत दी गई थी कि बाबूजी के आराम में कोई दखलंदाजी न करे। समय पर नाश्ता, चाय-पानी एवं भाँति-भाँति के व्यंजन। ऐसा परिवार पाकर बाबू रामनाथ गद्गद् थे।

बाबू रामनाथ जी के बैंकखाते में 15 लाख रुपया जमा थे, जो उन्हें रिटायरमेंट के बाद मिले थे। एक दिन बेटे ने कहा- "बाबूजी, बारह लाख में एक मकान मिल रहा है, यदि आप पैसा दे तो मैं उसे खरीद लूँ। एक प्रापर्टी भी हो जाएगा। रामनाथ जी ने सोचा, आखिर उनके बाद सारा पैसा तो बेटे-बहू का ही होगा, पैसे का इससे अच्छा उपयोग और क्या होगा। सो उन्होंने बारह लाख रुपये बैंक से निकालकर दे दिए। बचे हुए तीन लाख रुपये एक दिन जिद करके बेटे ने शेयर बाजार में निवेश करने के लिए माँग लिया। अब बाबूजी का बैंक एकाउंट पूर्णतः खाली हो चुका था।

कुछ दिन तो ठीक-ठाक चलता रहा, पर अब बात-व्यवहार में बदलाव आने लगा। एक दिन नौकर ने पीकदान हटा दिया... पूछने पर बताया कि मालकिन का आदेश है; पीकदान से दुर्गंध आती है। संध्या के नाश्ते में सिर्फ चाय आने लगी। पकौड़े, समोसे सब बंद। वाणी में मिठास नाम की कोई चीज नहीं रह गई। इस अकस्मात् व्यवहार-परिवर्तन से बाबू रामनाथ परेशान हो गए। अपना दुखड़ा किसे सुनाएँ, समझ में नहीं आ रहा था।

रामलाल घर का पुराना नौकर था। बाबूजी की उपेक्षा उससे देखी नहीं जाती थी। वह बाबू रामनाथ को बहुत पहले ही आगाह करना चाहता था, परन्तु छोटा मुँह बड़ी बात, नौकर जो ठहरा; बोलने का साहस नहीं हुआ।

एक दिन मौका पाकर उसने कहा - ''बाबूजी, अपनी इस हालात के लिए आप खुद जिम्मेवार हैं।''

'कैसे?'

''आज से एक वर्ष पूर्व आपके बैंक एकाउंट में कितने रुपये थे?''

''यही लगभग पन्द्रह लाख रुपए।''

''आज कितने रुपये हैं?''

''कुछ नहीं।''

''कुछ नहीं! यानी ठन्-ठन् गोपाल; आज के जमाने में ठन्-ठन् गोपाल को कौन पूछता है?''

भाबू रामनाथ को लगा, जैसे किसी ने शरीर में करंट छुआ दिया हो। वह कभी नौकर की तरफ देख रहे थे, तो कभी दूर खड़े बेटे की तरफ... जो बालकनी में मुँह फेरकर सिगरेट के कश ले रहा था।

3

माटी का प्यार

बाबू रामसनेही, स्टेशन पर बैठे हुए दूर जाती ट्रेन को देख रहे थे। ट्रेन आँखों से ओझल होती पल-पल छोटी होती जा रही थी; मनुष्य के जीवन की तरह। इस तरह ट्रेनों को देखना बाबू रामसनेही को बहुत अच्छा लगता था। यही सब देखते हुए जीवन के पैंतालिस बसंत बीत चुके थे। ट्रेन के आँखों से ओझल होती ही तन्द्रा भंग हुई। स्टेशन से सवारियों को लेकर गई जीप अब वापस आ रही होगी। जल्दी से उन्होंने चमड़े का बैग और छाता उठाया और चल दिए, स्टेशन से बाहर की ओर। पत्नी भी पीछे-पीछे चल पड़ी।

सनाही एक छोटा सा स्टेशन है, जहाँ से रामसनेही जी का गाँव लगभग छह किलोमीटर पड़ता था। जाने का साधन टमटम और जीप... परन्तु बाबू रामसनेही जीप से ही जाना ज्यादा पसंद करते थे। एक कारखाने में बतौर अप्रेंटिस उन्होंने अपने कैरियर की शुरूआत की थी... आज फोरमैन तक पहुँच गए हैं। तीन बेटे हैं, बेटियाँ नहीं हैं। दो बेटे इंजीनियरिंग की पढ़ाई कर रहे हैं, तीसरा अभी नौवीं क्लास में है। पत्नी रामप्यारी, राजपुर गाँव की हैं, जहाँ सनेही से उतरकर जाना पड़ता है। प्रायः प्रत्येक साल गर्मियों के मौसम में रामप्यारी अपने मैके चली जाती थीं। कभी सनेही जी खुद पहुँचा आते थे, कभी भाई-भतीजे खुद ससुराल से आकर ले जाते; परन्तु लाने के लिए सनेही जी खुद ही ससुराल जाते थे। पैतृक गाँव भी था, परन्तु कुछ पारिवारिक विवाद के चलते पैतृक गाँव उन्होंने जाना ही छोड़

दिया था।

जीप दस मिनट पहले से ही आकर खड़ी थी। सवारी नहीं के बराबर थीं। पति-पत्नी चुपचाप जीप के अन्दर एक किनारे बैठ गए। स्टेशन से गाँव तक कच्ची सड़क, खराब रास्ता, जीप वालों का मनमाना भाड़ा... परन्तु जाने की मजबूरी; मुसाफिर करे तो क्या करे। जब तक छत पर सवारी न बैठ जाए, तब तक गाड़ी खुलेगी नहीं। सवारी न मिले तो गाड़ी सुबह से शाम तक खड़ी रह जाए, लेकिन दो सवारी कम लेके नहीं खुलेगी।

गाँव के बाहर आमों का बगीचा शुरू हो जाता है। कहीं-कहीं इक्के-दुक्के, कटहल, जामुन और केले के पेड़ भी दीख पड़ते हैं। बगीचे में एक रहट चलती है, जिससे बगीचे के बाहर खाली जमीन में साग-सब्जी की सिंचाई होती है। बागीचे में मिट्टी का एक ऊँचा टीला है, जिस पर अक्सर रामप्यारी, गाँव से बाहर निकलने पर बैठ जाती थीं और चलता हुआ रहट कुछ देर देखने के बाद ही वहाँ से उठती थीं। सनेही बाबू को भी वहाँ कुछ देर बैठना बहुत भाता था, क्योंकि यही वह जगह है जहाँ उनकी बारात रुकी थी और सनेही बाबू दूल्हा बनकर भर-भर आँख काजर लगाकर असवारी में बैठे थे। ''इस बगीचे में आने के बाद जाने का मन ही नहीं करता; लगता है जैसे कल ही बारात लेकर आए थे; तुम्हें तो अभी भी देखकर लगता ही नहीं कि तीन बच्चों की माँ हो।''

''और तुम कौन से जो बूढ़े लगते हो; जैसे शादी के समय थे वैसे ही अभी भी हो, देह पर कभी मांस चढ़ा ही नहीं।''

रामप्यारी की बातों का सनेही बाबू जबाब देते देते रुक गए, क्योंकि कुछ दूर कच्चे रास्ते पर एक अर्थी जा रही थी। शव-यात्रा किसी वृद्ध व्यक्ति की थी, क्योंकि शव के साथ बाजा वाले भी चल रहे थे।

''ए सुनिए न, कहाँ खो गए हैं! मेरा एक कहा मानिएगा?'' राम प्यारी ने प्यार से स्नेही बाबू की ओर देखते हुए कहा।

''कैसी बात है, हम कभी इंकार किए हैं?''

''नहीं, पहले आप प्रतिज्ञा कीजिए, तब बोलूँगी।''

''ठीक है प्रतिज्ञा करता हूँ, अब तो बोलो।''

''मेरी मृत्यु के बाद मेरी माटी को यहाँ जरूर लाइएगा, इसके बाद ही दाह संस्कार कीजिएगा; इससे मेरी आत्मा को बहुत शांति मिलेगी।''

''क्या कहा! कैसी बातें करती हो; कहीं पहले मैं ही ऊपर चला गया तो...''

''नहीं, ऐसा नहीं हो स कता।'' - रामप्यारी की आँखों से टप-टप आँसू चूने लगे।

समय का घोड़ा दौड़ता रहा। सनेही जी के तीनों बेटे आज इंजीनियर हैं। अच्छी तनख्वाह है। परिवार सीमित है, परन्तु किसी में मेल-मुहब्बत नहीं है। एक छत के नीचे सभी अलग-अलग हैं। चूल्हा-चौकी अलग हो गया है। रामप्यारी भयंकर गठिया की मरीज हो चुकी हैं। दवा-दारू में काफी पैसे खर्च हो चुके हैं, परन्तु रोग बढ़ता ही जा रहा था। अब बिना सहारे के उठना-बैठना भी नहीं होता है। नित्य कर्म भी अपने बल पर नहीं होता है। तीनो बहुएँ अपने कमरे में पड़ी रहती हैं, सास-ससुर के सुख-दुःख से उन्हें कोई मतलब नहीं। अब पत्नी सेवा ही सनेही बाबू का धर्म हो गया था। बेटे अपनी माँ को छोड़ सकते हैं लेकिन उन्होंने तो जीवन भर सुख-दुःख में साथ निभाने की कसम खाई है।

बाबू रामसनेही अपनी सारी कमाई घर बनाने और बेटों को पढ़ाने में लगा चुके थे... बची-खुची संपत्ति पत्नी कि बीमारी में धीरे-धीरे खत्म हो गयी। हाथ खाली हो गया। अब एक-एक पैसे के लिए बेटों के मोहताज थे। पैसों को लेकर घर मे तनाव रहने लगा। अंत में तीनों बेटों ने निर्णय लिया कि प्रत्येक, चार-चार महीना माता-पिता का खर्च उठाएगा।

बेटों के इस निर्णय से रामसनेही आहत हो गए। मन हुआ कि घर-द्वार छोड़कर कहीं भाग चलें, परन्तु बीमार पत्नी को छोड़कर कहीं जाना भी संभव नहीं था। पत्नी की बीमारी एवं बेटों के व्यवहार ने उन्हें अन्दर तक तोड़कर रख दिया। उस दिन तो हद ही हो गई, जब बड़े बेटे ने रामप्यारी की दवाई के लिए पैसे देने से साफ इंकार कर दिया... कहा कि चार महीना बाँटे गए हैं सिर्फ खर्चा-खुराकी के लिए; दवा दारू के लिए बाकी दोनों भाई भी

जिम्मेवार हैं। मँझले भाई की पत्नी कुछ ज्यादा ही पढ़ी-लिखी थी, बोली - "इस बात का तो फैसला पहले ही हो जाना चाहिए था कि दवा-दारू का खर्च कौन देगा।" रामप्यारी दुखित हृदय से बोली- "जो गहने मैंने सँजो कर रखे हैं उन्हें बेच दीजिए, आखिर गहने इसी दिन के लिए तो होते हैं।"

समय बीतता गया। बेटों के व्यवहार में कटुता बढ़ती जा रही थी। अब पति-पत्नी के मन से जीने की इच्छा भी खत्म होते जा रही थी। अन्ततः दुःख एवं बीमारी झेलते हुए रामप्यारी एक दिन स्वर्ग सिधार गईं। बाबू रामसनेही ने पत्नी की अन्तिम इच्छा बेटों को बताई, कहा - "तुम्हारी माँ की इच्छा थी कि उनका दाह-संस्कार गंगा नदी के किनारे हो तथा पार्थिव शरीर को गाँव की माटी में एक बार जरूर रखा जाय।" माँ की अन्तिम इच्छा, पिता के मुँह से सुनते ही बेटों के चेहरे सफेद पड़ गए। गाँव ले जाने का मतलब दस हजार रुपये का खर्च! पिता ने यही बात अगर अकेले में कही होती तो शायद डाँट भी देते, परन्तु वहाँ तो कई व्यक्ति मौजूद थे, अतः लोक-लाज के भय से तीनों बेटों ने इसे मान लिया।

पार्थिव शरीर, गाँव के बाहर उसी टीले पर रखा गया, जहाँ से रामप्यारी एकटक रहट का चलना देखा करती थीं। क्या रिश्तेदार क्या बाहरी, सभी रो पड़े... इसे कहते हैं माटी से प्यार! रीति रिवाज से रामप्यारी का अंतिम संस्कार हो गया। सनेही बाबू अब एकदम से अकेले पड़ गए। दुःख दर्द बाँटने की जो जीवंत मूर्ति थी, वह भी आँखों से दूर चली गयी।

बाबू रामसनेही के एक पुराने मित्र थे, नाम था गजाधर बाबू। उनके स्वर्गवास के बाद उनके पुत्र की पढ़ाई-लिखाई में यदा-कदा सनेही बाबू रुपये-पैसे से मदद कर दिया करते थे। वह लड़का राँची में इंजीनियर था। रामप्यारी की मृत्यु के बाद बहुत अनुनय विनय करके वह सनेही बाबू को कुछ दिनों के लिए अपने घर ले गया। तीनों पुत्रों का सनेही बाबू के प्रति कैसा व्यवहार था, यह वह अच्छी तरह जानता था। उसकी पत्नी भी एक ऑफिस में काम करती थी। पति-पत्नी के काम पर जाने के बाद पूरा घर नौकरों के जिम्मे रहता था। आजकल नौकरों का कोई भरोसा नहीं, सो दोनों को काम के दौरान घर की चिन्ता लगी रहती थी। सनेही बाबू के आने से यह चिन्ता दूर हो गई। बँगले में पेड़-पौधों की कटाई-छँटाई तथा देखभाल में

सनेही बाबू का समय भी आहिस्ता-आहिस्ता सरकने लगा।

रात के आठ बज रहे थे। नवीन की पत्नी ऊँची आवाज में पति से कुछ कह रही थी। नवीन उसे समझाने का प्रयास कर रहे थे। राम बाबू बगीचे में टहल रहे थे। नवीन के कमरे की खिड़की बगीचे की तरफ खुलती थी ‘‘ ‘‘बूढ़ा आपका रिश्तेदार तो नहीं था, जो घर में लाकर बैठा दिए; अब जिन्दगी भर उठाते रहिए उसका बोझ... घर नहीं होकर आश्रम बन गया है।’’ नवीन दाँत पीस रहे थे- ‘‘खबरदार! अब इसके आगे एक लफ़्ज़ कहा तो मुझसे बुरा कोई न होगा।’’

‘‘हाँ-हाँ मारिए, अब यही तो एक बाकी रह गया है।’’ - पत्नी चिल्ला रही थी।

एक-एक पैसा मैंने जोड़ा है, तब जाकर जमीन खरिदाया है... अब बना लीजिएगा, मैं भी देखती हूँ।

बाबू रामसनेही और सुन न सके और तेज कदमों से बगीचे से बाहर निकल गए। ‘‘बेटा नवीन! यहाँ आए हुए बहुत दिन हो चुके, अब घर की याद आ रही है, बच्चों को देखने का मन कर रहा है; अब मुझे घर जाने की इजाजत दो।’’ दूसरे दिन अकेले में उन्होंने नवीन से कहा।

‘‘ताऊजी, यहाँ भी सब आपके ही हैं... जैसी आपकी इच्छा, लेकिन फिर जल्दी आइएगा, आपका इंतजार करूँगा।’’

नवीन ने जबरन कुछ रुपए बाबूजी के पाकेट में डाल दिए, कहा कि रास्ते में खाते-पीते जाइएगा।

जिस भवन की नींव की एक-एक ईंट को उन्होंने अपने खून से सींचा था, उस भवन में अब जाने को जी नहीं कर रहा था। बहुओं के द्वारा किया गया असम्मान जनक व्यवहार उन्हें अभी तक याद था। जिन बेटों को उन्होंने पढ़ा-लिखाकर इंजीनियर बनाया, वे बड़े काबिल निकले। माता-पिता का खर्च उठाने के लिए उन्होंने साल को तीन हिस्सों में बाँट दिया। वाह रे सपूत! उन्हें महसूस हुआ कि अब संसार को उनकी आवश्यकता नहीं है और दुःख भोगने की अपेक्षा शरीर का त्याग करना ही श्रेयस्कर होगा।

एक दृढ़निश्चय के साथ उन्होंने गाँव जाने के लिए ट्रेन का टिकट ले लिया।

सनाही स्टेशन आते-आते दोपहर के तीन बज गये। स्टेशन के बाहर उन्होंने फसल में प्रयोग आने वाली एक कीटनाशक दवा खरीदी और उसे सँभालकर जेब में रख लिया। रास्ता काफी खराब हो गया था। उस दिन अच्छी बारिश हुई थी। कोई जीप वाला खराब सड़क के कारण राजपुर जाने को तैयार नहीं था। सभी गाड़ियाँ स्टैंड में एक किनारे खड़ी थीं। एक टमटम वाला किसी तरह सौ रुपये में राजी हुआ। सनेही बाबू ने कहा- ''मैं सौ रुपये और दूँगा, लेकिन किसी तरह मुझे राजपुर पहुँचा दो। पानी के गड्ढों से बचते-बचाते किसी तरह टमटम राजपुर पहुँचा। इक्कावान मन ही मन अपने ऊपर झुँझला रहा था कि उसने क्यों हामी भर दी... लेकिन मन के किसी कोने में एक आशा भी थी कि बाबू साहब सौ रुपए और देंगे। सनेही जी के पास कुल दो सौ रुपये बचे थे, सब निकालकर उन्होंने टमटम वाले के हाथ में रख दिए। इक्कावान प्रश्नसूचक दृष्टि से देखने लगा। सनेही जी ने कहा- ''ले जाओ भाई, यह मेरा अन्तिम पड़ाव है अब मुझे इसकी कोई जरूरत नहीं है।'' एकवान मन में सोचने लगा शायद खराब रास्ता होने की वजह से बाबूजी इतने पैसे दे रहे हैं।

बगीचे में वह मिट्टी का टीला अभी भी वैसे ही था, जिस पर रामप्यारी बैठा करती थीं। टीले को देखते ही उनकी आँखें भर आईं। फफक-फफककर रो पड़े। रामप्यारी के साथ बिताए एक-एक क्षण आँखों के सामने से गुजरने लगे। टीले की माटी को उन्होंने माथे से लगाया। रामप्यारी से मिलने को हृदय तड़पने लगा। काफी देर से टीले पर सर रखकर बेसुध होकर रोते रहे। जेब से उन्होंने कीटनाशक निकाल लिया... परन्तु रामप्यारी को उनका इस तरह कायरों की तरह देह त्याग करना शायद उचित नहीं लगा। एक जोर की हिचकी आई और विष हाथ में ही रह गया। बाबू रामसनेही अपनी रामप्यारी से मिलने अनन्त की तरफ चल पड़े, जहाँ से कोई लौटकर नहीं आता।

4

पश्चाताप

थानेदार रामवचन सिंह बड़े ही अड़ियल पुलिस इंस्पेक्टर हैं। इनके नाम से बड़े-बड़े अपराधी काँपते हैं। चोर-उचक्के इनके हाथ पड़ जाएँ तो उनकी खैर नहीं। वहीं दूसरी ओर माफिया एवं कालाबाजारियों से उनकी बहुत गहरी छनती है... साथ-साथ उठना-बैठना, खाना-पीना सब होता है। घूस निःसंकोच लेते हैं। प्रायः अपने साथियों से कहा करते हैं- ''इस नौकरी में आकर जिसने घूस नहीं लिया उसका सारा जीवन ही व्यर्थ है।'' इनके मातहत काम करने वाले भी खुश कि साहब की कृपा से कुछ न कुछ मिलतस रहता है। ऊपर वाले भी खुश, कि समय पर हफ्ता एवं महीना पहुँचता रहता है।

श्रीधर उद्योग के सुरक्षा पदाधिकारी रामसेवक सिंह एवं नगर के कबाड़ी सेठ से इनकी बहुत पटती है। इन तीनों के बीच कैसी बातें होती हैं, चलिए जरा हम भी सुनते है। थानेदार अपने कक्ष में कबाड़ी सेठ के साथ बैठे हैं, किसी गंभीर विषय पर चर्चा हो रही है।

''पूरे दस हजार हैं सर, गिन लीजिए।''

''नहीं इतना में नहीं चलेगा सेठ जी, दस और दीजिए, बड़े साहब ने रेट बढ़ा दिया है।''

''सर अभी इतना रख लीजिए, धन्धा बहुत मंदा चल रहा है; अगली

बार से बढ़ी हुई रेट में दूँगा।''

''सेठ, झूठ क्यों बोलते हो?, अगर आपका धंधा मंदा हो जाए तो हम लोग तो भूखे मर जाएँगे... जाइए अबकी बार छोड़ दे रहा हूँ, पर अगले महीने से पूरा दीजिएगा।'' ''जरूर दूँगा सर; आपकी ही मेहरबानी से बंदे का कारोबार चल रहा है, नमस्कार।''

सेठ जी उठना चाह रहे थे, तभी रामसेवक सिंह जी कक्ष में प्रवेश करते हैं। पैंतालिस वर्षीय रामसेवक सिंह एक कंपनी में सुरक्षा पदाधिकारी हैं। काफी आकर्षक व्यक्तित्व है। कक्ष में आने के साथ ही थानेदार को अभिवादन करते हैं।

''नमस्कार इंस्पेक्टर साहब!''

''नमस्कार राम सेवक जी, कहिए कल किस इलाके में पेट्रोलिंग पार्टी नहीं भेजनी है?'' आप तो सब जानते ही हैं, फिर भी बोल देता हूँ... कल श्रीधर इंडस्ट्री की उत्तरी दीवार से शाम चार बजे के बाद माल का उठाव होगा, पेट्रोलिंग पार्टी को समझा दीजिएगा।'' ''राम सेवक जी बेफिक्र रहिए; समझाना ही तो हमारा काम है, हाँ रेट कुछ बढ़ाना होगा... आपका तो ग्रेड रिविजन हो गया, हमारा भी तो कुछ होना चाहिए।''

''उसके लिए आपको बोलने की जरूरत नहीं पड़ेगी; अच्छा तो अब चलता हूँ, नमस्कार।''

राम सेवक सिंह के जाने के बाद इंस्पेक्टर साहब बड़बड़ा रहे थे- ''वाह, क्या जमाना आ गया! जिसे कंपनी वालों ने अपनी सुरक्षा के लिए रखा, वहीं कंपनी की जड़ें खोद रहा है। मुझे क्या, अगर मैं इससे पैसे न लूँ तो ऊपर वालों को कहाँ से दूँगा, फिर तो मेरा दूसरे ही दिन ट्रांसफर हो जाएगा, घर का सामान ढोने में ही सारा जीवन बीत जाएगा।'' क्यों रामदीन, क्या गलत कहा मैंने? ''नहीं सर, आप एकदम जायज बोल रहे हैं।'' रामदीन, थानेदार साहब का विश्वासपात्र सिपाही था। ''ऐ रामदीन, देख तो ई कौन छोरा थाना में घूम रहा है।'' ''सर, अभी पकड़कर लाता हूँ।'' - कहकर रामदीन कक्ष से निकलकर बाहर की तरफ दौड़ा। ''सर, यही है वह लड़का।'' लड़के की उम्र पच्चीस के आसपास होगी। हाथों में

कुछ पेपर वगैरह पकड़े हुए था। ''क्यों भाई, किससे मिलना है थाने में?'' थानेदार ने पुलिसिया अंदाज में कड़ककर पूछा। ''सर स्टेट सिविल सर्विस परीक्षा का फार्म है, डीएसपी साहब से हस्ताक्षर कराना है।'' लड़के ने कहा।

''हस्ताक्षर हुआ?'' ''नहीं, डीएसपी साहब ने कहा, नहीं करेंगे; बोलते हैं कि हम तुम्हें नहीं पहचानते हैं।''

''कॉलेज में प्रिंसिपल से काहे नहीं करवा लिए?''

''सर, कॉलेज अभी बंद है, कल फार्म जमा करने का अंतिम दिन है।''

''गजटेड ऑफीसर तो और भी जगह बैठते हैं... श्रम विभाग है, बिक्री कर विभाग है, वहाँ नहीं गए?''

''जी, सब जगह एक ही उत्तर मिलता है कि हम तुम्हें नहीं पहचानते है।''

''हूँ, ये भला तुम्हे क्यों पहचानेंगे; ये तो सिर्फ हरे-हरे नोट पहचानते हैं... गजटेड ऑफीसर बनने के बाद ये अपनी गरीबी एवं संघर्ष के दिन भूल जाते हैं... खैर, लाओ फार्म। रामदीन, ये फार्म लो और डीएसपी साहब से बोलो हस्ताक्षर कर देंगे... बोल देना जान-पहचान का लड़का है, और हाँ, उसमें मोहर जरूर लगा देना।''

समय तेजी से बीतता रहा। थानेदार रामवचन सिंह का प्रमोशन डीएसपी के पोस्ट पर हो गया। तबादला बगल वाले जिले में हो गया। पहले वाले जिले में कबाड़ी सेठ एवं सिक्यूरिटी इंस्पेक्टर के साथ मिलकर काफी धन कमाया उन्होंने। जिन्दगी अब शान-शौकत की हो गई है। अब उद्घाटन समारोह एवं अन्यान्य कार्यक्रमों में ही जाना पड़ता है। कल सबेरे दस बजे शहर के एकमात्र विकलांग-गृह का उद्घाटन करने का निमंत्रण था। डीएसपी रामवचन सिंह कागज पर भाषण लिखकर याद कर रहे थे।

विकलांग-गृह की संचालिका, उद्घाटन के पश्चात् विकलांगों से पुलिस उपाधीक्षक को मिलवा रही थीं। ''सर, यह कलीम है; किसी कंपनी

की सुरक्षा अधिकारी की गोली से घायल होकर विकलांग हो गया है।''

''कैसे लगी गोली? आप वहाँ क्या कर रहे थे?''

''सर, मैं ठहरा मजदूर आदमी; जहाँ कहीं काम पड़ता है लोग मुझे बुलाकर ले जाते हैं। उस दिन श्रीधर इंडस्ट्रीज का एक आफीसर आया और बोला कि कारखाने की दीवार के पास कुछ सामान गिरा है, उसे उठाकर ट्रक में लोड करना है। मैं वहाँ ज्यों ही पहुँचा, कंपनी की सुरक्षा गाड़ी वहाँ पहुँच गई और हमें पीटने लगी। मेरे साथ दो और मजदूर थे... हम सब भागने लगे तब उन्होंने पीछे से गोली चलाई, जो मेरे पैर में लगी। समुचित इलाज के अभाव में मेरा एक पैर बेकार हो गया। मेरा तो घर बरबाद हो गया सर। पत्नी छोड़कर मायके चली गई। बूढ़ी माँ घर-घर में काम करती है और किसी तरह पेट पालती है... मुझसे यह देखा न गया और मैं इस आश्रम में आ गया। ''सारी बातें बोलकर कलीम फूट-फूट कर रोने लगा।

पुलिस उपाधीक्षक की आँखों में बीते दिनों की यादें तैरने लगीं, जब वह थाना इंचार्ज थे। तब वह, कबाड़ी सेठ और श्रीधर इंडस्ट्री के सुरक्षा पदाधिकारी मिलकर कैसे-कैसे खेल खेला करते थे। एक अपनी ही कंपनी का माल चोरी करवाता था, दूसरा उसी माल को खरीदता था। कंपनी का विश्वासपात्र बनने के लिए कभी फाल्स मुठभेड़ दिखा देते थे। उसी फाल्स मुठभेड़ का शिकार यह कलीम हो गया होगा। दिल में आया कि अभी जाकर उस सिक्यूरिटी इंस्पेक्टर को अंदर कर दें, परन्तु यह जोश क्षणिक था क्योंकि सारे अपराध की जड़ तो वही थे। अगर वह ईमानदार होते, घूस न लेते, तो ये अपराध भी न होता। उन्हें लगा कि उनकी नजरें झुकती जा रही हैं। कलीम की तरफ दोबारा देखने का साहस नहीं कर सके।

न जाने और कितने कलीम होंगे जो भूखे मर रहे होंगे। मन में अन्तर्द्वंद्व मच गया, विचारों के प्रवाह उमड़ने लगे। जिस तरह संसार की सारी नदियाँ आखिर समुद्र में एकाकार हो जाती हैं, उसी तरह मन के सारे तर्क-वितर्क आखिर उन्हीं को दोषी ठहरा रहे थे।

मनुष्य में चाहे लाख बुराइयाँ हों, परन्तु मन के किसी कोने में कुछ अच्छे विचार भी अवश्य होते है, जिन्हें हम अच्छाई कहते हैं। ये समय आने

पर स्वतः ही प्रगट होने लगते हैं। थानेदार साहब मन के बुरे न थे... भले ही परिस्थितियों ने उन्हें भ्रष्ट एवं लालची बना दिया था। उन्होंने मन में एक दृढ़निश्चय किया और आहिस्ता-आहिस्ता विकलांग-गृह से बाहर निकल गए। दूसरे दिन शहर के अखबारों में सुर्खियों में छपा था- 'शहर के पुलिस उपाधीक्षक ने अज्ञात कारणों से इस्तीफा दे दिया।' पत्नी अखबार हाथ में लेकर एकटक उन्हीं की तरफ देख रही थी।

"अब मैं पुलिस उपाधीक्षक नहीं, आपका राम वचन हूँ, अपने गाँव बक्सर का भोला-भाला राम वचन। आप अक्सर बोलती थीं न कि गाँव से आने का मन नहीं करता है... चलिए यहाँ से दूर अपने गाँव चलते हैं, जहाँ पर कभी किसी कलीम से भेंट नहीं होगी।" पत्नी मुस्कराने लगी... शायद इसी जवाब का इंतजार कर रही थी।

5

हृदय परिवर्तन

''अरे रमुवा सुन! तू दिन भर अमरूद बेचकर कितना कमा लेता है? बोल, तीस रुपए! चालीस रुपए! या बहुत हुआ तो पचास रुपए!; पर उससे अधिक नहीं और उसमें भी दस रुपए सिपाही को दो; गली-गली में दादा लोग पाँच-दस झटकिए लेता है। बोल तेरे पास कितना बचता है? उसी में भी बीमार महतारी का दवा-दारू, भाई की पढ़ाई का खर्च। क्या बचता है तेरे पास? मेरी बात ध्यान से सुन... तेरा काम सिर्फ कामरेडों को पिस्तौल एवं बन्दूक की गोलियाँ सप्लाई करने का हैं; अपने धंधे की आड़ में तू बड़ी आसानी से यह काम कर सकता है, तेरे ऊपर किसी को शक भी नहीं होगा और महीना मे तीन-चार हजार आराम से मिल जाएगा... अच्छी तरह सोच ले, मैं तुमसे फिर कल मिलूँगा... जा घर जा अँधेरा हो रहा है, रात भर तेरे पास सोचने का वक्त है।'' यह कहकर सुरेश चला गया।

रमुआ रोज कमाने-खाने वाला एक गरीब लड़का था। बाप का साया सर पर से उठ चुका था। घर की सारी जिम्मेवारी चौदह वर्ष के रमुआ पर थी। बगान से अमरूद लाकर शहर में बेचना यही उसकी दिनचर्या थी। अमरूद का मौसम खत्म होने पर खीरा ककड़ी वगैरह अन्य फल बेचा करता था। उसी पर घर का सारा दारोमदार था।

रमुआ थोड़ा बहुत पढ़ा लिखा था। वह अच्छी तरह समझता था कि यह काम गलत है, उग्रवादियों की मदद करना अपराध है... परन्तु गरीबी

एवं पैसों की आवश्यकता ने उसके भी मन को विचलित कर दिया था। वह निश्चय नहीं कर पा रहा था कि सुरेश को हाँ कहे या न।

घर की गरीबी के सामने घुटने टेकते हुए रमुआ ने आखिर हाँ कह दिया। अब रोज फलों के ढेर में छिपाकर पिस्तौल एवं गोलियाँ लाता और उग्रवादियों को दे देता। ये गोलियाँ रात के अँधेरे में एक आदमी उसको एक निश्चित जगह पर दे जाता था। उग्रवादियों से उसे महीने में चार हजार रुपए मिल जाते थे। जीवन की डगमगाती नैया अब स्थिर हो गई थी।

रात के आठ बज रहे थे। उग्रवादियों ने चैनपुर थाना पर धावा बोल दिया। पाँच सिपाहियों की हत्या कर और हथियार लूटकर भाग गए। मारे गए लोगों के परिवार वाले दहाड़ें मारकर रो रहे थे। स्त्रियाँ बार-बार बेहोश हो रही थीं, बच्चों के आँसू थम नहीं रहे थे। माहौल गमगीन था।

उग्रवादियों की करतूत आज रमुआ ने आँखों देख ली। उसका मन बेचैन हो उठा। वह अपने आपको सबसे बड़ा अपराधी समझने लगा। इनकी हत्या में उन्हीं गोलियों का इस्तेमाल हुआ होगा, जिनका वह वाहक था। वह बेतहाशा दोड़ पड़ा। उसे खुद पता नहीं था कि वह किस दिशा में जा रहा है। जब सोन नदी का चौड़ा पाट दिखा, तब उसे आभास हुआ कि जीटी रोड पर आ पहुँचा है। दिल्ली सम्राट शेरशाह द्वारा निर्मित इस सड़क से न जाने कितने मुसाफिर गए होंगे... परन्तु यह सब अभी सोचने का वक्त नहीं था। मन में हजार तरह की बातें आ रही थीं। पुल के नीचे सोन की धारा मन्द गति से बह रही थी, बिना किसी ध्वनि के, निःशब्द। नदी की धारा मानो मुस्कराते हुए कह रही थी- "रमुआ, निकल जा इस मकड़जाल से, अन्यथा तेरा भी वही हश्र होगा जो देशद्रोहियों का होता है! तू भी देश-द्रोही, समाज द्रोही कहलाएगा।'' डेहरी पुल पर से हावड़ा - दिल्ली पास कर रही थी। इसी ट्रेन से हजारों लड़के मजदूरी करने दिल्ली जाते हैं। उसने मन में एक दृढ़निश्चय किया और टोकरी, फल समेत सोन की स्वच्छ एवं निर्मल धारा में पुल से ही फेंक दिया और तेजी से स्टेशन की तरफ दौड़ पड़ा। इतनी तेज वह जीवन में कभी दौड़ा नहीं था। उसके कानों में सिर्फ एक ही शब्द गूँज रहे थे- दिल्ली, दिल्ली, दिल्ली।

6

सिर्फ एक बार

वह एक वृद्ध व्यक्ति था। उम्र लगभग साठ के आस-पास होगी। मैंने उसे गली मुहल्लों में कभी घूमते हुए नहीं देखा था। वह व्यक्ति सफेद दाग से पीड़ित था। मैं जब कभी बाजार जाता, उसे सड़के के किनारे एक निश्चित जगह पर बैठे पाता। बदन पर एक कुर्ता-धोती, हाथ में एक डंडा एवं भीख माँगने के लिए एक पात्र, यही उस वृद्ध की पूँजी थी। मैं जब भी वहाँ से गुजरता, एक सिक्का उसके डब्बे में डालना नहीं भूलता।

पता नहीं क्यों उस वृद्ध से मुझे स्वतः ही एक सहानुभूति सी पैदा हो गई थी। वह एक संभ्रांत परिवार का व्यक्ति लगता था। पूछने पर मालूम हुआ कि वह अच्छे खाते-पीते घर से ताल्लुक रखता है। सफेद दाग से पीड़ित होने पर घर वालों की उपेक्षा का शिकार हो गया। उपेक्षित जीवन जीने की अपेक्षा उसने भिक्षावृत्ति को अपनाना उचित समझा।

संध्या समय खोमचे वालों एवं चाट - पकौड़ी की दुकान पर भीड़ देखकर मुझे बड़ी घुटन सी महसूस होती है। मैं जल्दी से जल्दी वहाँ से निकल जाना चाहता हूँ। जले हुए तेल एवं मसालों की गंध मेरे बर्दाश्त के बाहर की बात थी। तभी एक दिन मेरे मन में खयाल आया कि पैसे वाले तो पैसे के बल पर जीभ का शौक पूरा करते हैं, परन्तु गरीब तो केवल मन मसोसकर रह जाते हैं। उस दिन से मैं उस बूढ़े बाबा को कभी-कभी समोसा या दोसा वगैरह खरीदकर दे दिया करता था। वृद्ध व्यक्ति मुझे अपलक

डबडबाई आँखों से देखता, मुझमें अपने किसी अतीत को झाँकने की कोशिश करता। मैं लम्बे-लम्बे डग भरता वहाँ से निकल जाता।

एक दिन मैं उस वृद्ध को एक वृद्धाश्रम में ले गया। आश्रम की संचालिका एक मोटी सी अधेड़ महिला थी। पहले तो उसने उस वृद्ध को भिखारी मानकर रखने से इंकार कर दिया, कहा- ‘‘हम यहाँ भिखारियों को नहीं रखते; सिर्फ उन्हीं को रखते हैं, जिनके बेटे-बहू साथ में लेकर आते हैं। सहयोग राशि दस हजार रुपए है, लेकिन मृत्युपर्यन्त जिम्मा लेते हैं।’’ वाह! क्या समाज सेवा है; सेवा के नाम पर बिजनेस! मुझे मालूम था कि इस संस्था को बड़े-बड़े दान मिलते हैं; अगर ये दस हजार नहीं ले तो भी कुछ फर्क नहीं पड़ेगा, लेकिन बात बिगड़ जाने के भय से मैंने विनम्रतापूर्वक अपनी विवशता बताई तथा भविष्य में हर संभव सहयोग करने का आश्वासन दिया। मैंने चंदे के तौर पर कुछ रुपये आश्रम में दिए तथा वृद्ध को वहाँ जगह दिलाई।

मैं महीने में एक बार आश्रम अवश्य जाता। जब भी जाता, मिठाइयों का एक डब्बा वृद्धों में बाँटने के लिए आश्रम संचालिका को देकर आता। कभी-कभार पाँच-दस किलो चावल वगैरह दान में दे दिया करता।

कुछ दिनों के बाद मेरा तबादला दूसरे शहर में हो गया। जाने के पहले मैं बूढ़े बाबा से मिला तथा कुछ रुपये हाथ में दिये। तीन वर्षों से उस आश्रम से मेरा संबन्ध था। शहर छोड़ने पर काफी दुःख हुआ, परन्तु मन में एक संतुष्टि थी कि बूढ़े बाबा को कोई तकलीफ नहीं होगी, क्योंकि आश्रम काफी संपन्न था।

देखते-देखते पाँच वर्ष बीत गए। एक बार एक विवाह के सिलसिले में मुझे उस शहर मे आना पड़ा। संध्या के वक्त मैं बाजार की तरफ घूमने निकला। रास्ते में उस बूढ़े बाबा को सड़क के किनारे उसी निश्चित जगह बैठे पाया। देखकर मैं हैरान हो गया। मैंने कहा- ‘‘बाबा आपने मुझे पहचाना? आप यहाँ कैसे?’’

वृद्ध ने कहा- ‘‘हाँ बेटा, भला तुमको मैं कैसे भूल सकता हूँ।’’

‘‘आपको तो मैंने आश्रम में रखवा दिया था।’’

''बेटा, तुम्हारे जाने के बाद आश्रम को दान मिलना बंद हो गया... फिर वे मुझे क्यों रखते।'' - वृद्ध ने हँसते हुए कहा। गुस्से के मारे मैं सिर से लेकर पैर तक लहकने लगा। उस आश्रम संचालिका का चेहरा बार-बार आँखों के सामने आने लगा। स्वार्थी औरत...

मैंने कहा- ''और जो मैं महीने-महीने फल एवं मिठाइयाँ दिया करता था, वह सब भूल गई?''

वृद्ध ने हँसते हुए कहा - ''आपने महीना में एक बार अर्थात् तीन साल मे छत्तीस बार मिठाइयाँ दी, किन्तु हमें मिला सिर्फ एक बार; आपकी आँखों के सामने आपको दिखाने के लिए।

विस्मय से मेरे मुँह से निकला - ''सिर्फ एक बार!?''

7

इकलौता पुत्र

बाबू राम प्रवेश नौकरी से रिटायर हो चुके थे। एक प्राइवेट कंपनी मे क्लर्क थे, सो पेंशन का सवाल ही नहीं था। सारे रुपए पैसे उठाकर गाँव चले आए। थोड़ी सी जमीन थी, जो मन लगाने के लिए काफी था। बाबू रामप्रवेश भी 'होम सिकनेस' से अछूते नहीं थे। जब नौकरी करते थे, उस समय भी साल मे दो-तीन बार गाँव से होकर आना उनके लिए जरूरी था। कई बार ओवर स्टे हो जाता था, परन्तु बाबू रामप्रवेश की इमानदारी एवं कर्मठता को देख उनके ऊपर के पदाधिकारी नजरअंदाज कर देते थे।

बाबू राम प्रवेश का एकमात्र पुत्र कलकत्ता में नौकरी करता था। किसी प्राइवेट फर्म में सुपरवाइजर था। तनख्वाह अच्छी थी। रामप्रवेश जी को किसी चीज की कमी नहीं थी। बस एक ही बात कि कमी थी कि उन्हें बुढ़ापे में अलग रहना पड़ रहा था। कई बार मन में खयाल उठा कि जमीन-जायदाद किसी रिश्तेदार के हवाले करके बेटे-बहू के साथ रहा जाए। परन्तु रिश्तेदार भला कब किसी के होते हैं। परसों की ही तो बात है; नरेश दो सौ किलो गेहूँ पटक गया था, बोल रहा था कि बँटाई में इतना ही निकला है। बगल वाले यादव जी बता रहे थे कि नरेशवा कई बोझा गेहूँ पहले ही ससुराल में टपा चुका है बेईमान! चोट्टा कहीं का। नजदीक का रिश्तेदार है, बोलते भी नहीं बनता है। इन्हीं बेईमानों के चलते घर से टकसने का मन नहीं करता है। बड़ा बेटा राजीव जब भी चिट्ठी भेजता है, पत्र में माता-पिता को आने का आग्रह करता है। कभी चिट्ठी आने मे देर हो जाती तो बाबू राम

प्रवेश खुद शहर जाकर एसटीडी बूथ से बेटे के कार्यालय में फोन करके बात कर लेते थे। अबकी बार फोन पर राजीव बहुत ही नाराज मालूम पड़ रहा था। कह रहा था कि ''बच्चे तो आपकी सूरत ही भूल जाएँगे; मैं आ नहीं सकता क्योंकि आप अच्छी तरह जानते हैं कि बहू और बच्चों को गाँव का वातावरण पसंद नहीं आता है, वे शहर के आदी हो चुके हैं।'' बाबू राम प्रवेश ने व्यथित हृदय से कहा ''बेटा तब तो तुम्हारी माँ बहू-बच्चों को कभी देख नहीं पाएगी, क्योंकि वह गठिया की मरीज है, कहीं आ जा नहीं सकती... तुम्ही दो-चार दिन के लिए आ जाते तो अच्छा होता।'' राजीव ने फोन रखते हुए कहा, ''सॉरी बाबूजी, ये संभव नहीं है।''

''आप मेरी चिन्ता छोड़िए; दो-चार रोटियाँ किसी तरह सेंक ही लूँगी, लेकिन आप बेटे-बहू से जरूर मिल आइए।'' बाबू राम प्रवेश की अर्द्धांगिनी ने सहमति जताते हुए कहा।

कोलकाता पहुँचने पर बेटे-बहू ने पैर छूकर आशीर्वाद लिया, लेकिन बच्चे पैर छूकर दूर ही खड़े रहे। राम प्रवेश जी ने सोचा था कि बच्चे आकर उनसे लिपट जाएँगे, लेकिन ऐसा कुछ भी नहीं हुआ। राजीव ने चार दिन की छुट्टियाँ लेकर बाबूजी को कालीघाट, म्यूजियम, चिड़ियाखाना, साइंस सिटी इत्यादि मुख्य स्थानों को दिखा दिया। पाँच-छह दिन किस तरह बीत गए कुछ पता ही नहीं चला।

दस दिनों के बाद राम प्रवेश जी का मन स्वतः ही उचटने लगा। रह-रहकर पत्नी की याद आ रही थी, जिसे उनके सहारे की अत्यन्त आवश्यकता थी। परन्तु यहाँ कम से कम एक महीना तो रहना ही पड़ेगा, वरना बहू-बेटा नाराज हो जाएँगे। सुबह के वक्त नित्य आधा घंटा टहलने की आदत थी, परन्तु आज उनका दिल नहीं लगा सो जल्दी ही घर लौट पड़े। वैसे भी आज गर्मी कुछ ज्यादा ही थी इसलिए टहलने की अपेक्षा घर में पंखे की हवा खाना उन्होंने बेहतर समझा।

बाबू रामप्रवेश ज्यों ही बरामदे में पहुँचे, उन्हें बहू की जोर-जोर से बोलने की आवाज सुनाई पड़ी।

मैं पहले ही कह रही थी कि ज्यादा चोंचले मत दिखाओ, मगर एक

तुम हो कि मानते ही नही थे, माँ-बाप को बुलाने के लिए बेचैन थे। मुझसे नहीं होगा रोज सबेरे-सबेरे उठकर नाश्ता बनाना। अपना तो चाय बिस्कुट में भी गुजारा हो जाता है, पर यहाँ तो इनको बुढ़ापे में भी चार-पाँच रोटियाँ चाहिए, वह भी घी मे चुपड़कर।'' बहू, पति पर बरस रही थी।

''अरे धीरे बोलो, बाबूजी सुन लेंगे तो क्या कहेंगे! मुझे क्या पता था कि यहाँ पर डेरा जमा लेंगे... मैंने तो सोचा था कि दो-चार दिन में चले जाएँगे, अब तो थोड़ा तकलीफ तो उठाना ही पड़ेगा।''- राजीव आहिस्ता-आहिस्ता बोल रहा था।

बाबू रामप्रवेश की आँखों से टप-टप आँसू चू रहे थे। बेटा-बहू की बातें तीर की तरह दिल में चुभ रही थीं। पत्नी चाहे कितना भी उलाहना दे, वही जीवन की सच्ची साथी है। बेटा और बहू का प्रेम तो स्वार्थ की बुनियाद पर टिका रहता है। फिर वह एक झटके से उठे और अपना सामान बाँधने लगे।

8

सुजाता

सदा कि भाँति उसे आज भी सजाया जा रहा था... बिल्कुल कठपुतलियों की तरह। कठपुतलियों की तरह वह भी बेजुबान थी; चाहकर भी बोल नहीं सकती थी। आज लड़के वाले उस देखने आ रहे थे। इस तरह का आयोजन कोई पहली बार नहीं हो रहा थ... इसके पहले भी कभी घर पर, तो कभी होटल मे तो कभी पार्क या मंदिर में होता रहा है।

सुजाता साधारण कद-काठी की साँवली लड़की थी। बी.ए. पास थी। प्रतियोगिता परीक्षा की तैयारी कर रही थी। लड़के वाले कभी उसे साँवली होने की वजह से तो कभी पर्याप्त हाइट न होने का कारण देकर नापसंद कर देते थे। बेशर्मी की हद तो तब हो जाती थी, जब काले कलूटे लड़के भी कहते कि हमें दूध की तरह गोरी लड़की चाहिए, खानदान जो सुधारना है।

कई बार सुजाता ने झल्लाकर कह भी दिया कि उसे शादी नहीं करनी है; वह नौकरी करेगी और अपने पैरों पर खड़ी होगी। परन्तु माता-पिता का तर्क था कि पढ़ाई-लिखाई और नौकरी तो शादी के बाद भी होता रहेगा। लड़की को जीवन में एक सहारा चाहिए; पति के सिवा दूसरा कोई अच्छा सहारा नहीं हो सकता, अतः शादी तो करनी ही पड़ेगी। इस तरह का रटा रटाया जवाब सुनकर वह बोर हो चुकी थी।

लड़के वालों की इच्छानुसार, कार्यक्रम समीप के एक मंदिर में रखा गया। लड़का कम्प्यूटर कोर्स करके एक प्राइवेट कंपनी में नौकरी करता

था। लड़का साँवला था, पर देखने में सुंदर था, जोड़ी अच्छी जम रही थी। देखा-देखी के बाद लड़के वालों ने कहा हमें लड़की पसंद है। बहुत दिनों के बाद माता-पिता के चेहरे पर खुशी की एक झलक दिख रही थी, परन्तु सुजाता न जाने क्यों मन ही मन डर रही थी। इसके पहले भी उसने माता-पिता का खुशी से दमकता चेहरा पलभर में मुरझाते हुए देखा था। सुजाता के माता-पिता ने लड़के के हाथ में कुछ नगद देना चाहा तो उन लोगों ने लेने से इंकार कर दिया। कहा कि खरमास में लेन-देन नहीं होता। खैर बिना लेन-देन के ही कार्यक्रम खत्म हो गया। दोनों पक्ष अपने-अपने घर को चले गए।

दो दिनों के बाद लड़के वालों के घर से फोन आया कि लड़की साँवली है, अतः शादी नहीं होगी। फिर वही उदासी, वही मातम छा गया। सभी एक दूसरे का मुँह देखने लगे। सभी सुजाता की तरफ यूँ देख रहे थे जैसे उसने इस धरती पर जनम लेकर गुनाह किया हो।

समय तेजी से आगे बढ़ रहा था। सुजाता ने कम्प्यूटर क्लास ज्वाइन कर लिया था। कहीं भी नौकरी-चाकरी में कम्प्यूटर का ज्ञान आजकल अनिवार्य रूप से माँगा जा रहा था, अतः उसने समझदारी भरा निर्णय लिया था, जो ठीक ही था। वहीं उसका परिचय संजय नाम के युवक से हुआ। संजय काफी स्मार्ट एवं तेज लड़का था। व्यवहार से भी शालीन था। संस्थान में कम्प्यूटर की कमी थी एवं सीखने वालों की संख्या अधिक थी, अतः एक कम्प्यूटर दो स्टूडेंट को दिया गया। सुजाता एवं संजय एक ही कम्प्यूटर में सीखते थे। दोनों अपने-अपने नॉलेज को आपस में शेयर करते थे। छह महीने साथ रहने पर दोनों एक दूसरे को काफी अच्छी तरह से जान गए थे।

कम्प्यूटर क्लास खत्म होते-होते संजय की नौकरी एक बैंक में लग गई। बैंक में उसने पीओ में ज्वाइन किया था। उसने सुजाता के सामने विवाह का प्रस्ताव रखा। सुजाता अवाक रह गई। संजय दूसरी जाति का था... समाज इसे कभी स्वीकार नहीं करता, फिर भी उसने उसके जैसी एक साँवली लड़की को पसंद किया, यह उसकी महानता थी। संजय उसकी जाति का होता तो कितना अच्छा होता। उसने संजय से इतना ही कहा कि वह अपने माता-पिता से इस बारे में बात करेगी, उनकी इच्छा ही अन्तिम

निर्णय होगा।

उसी दिन रात्रि-भोज के पश्चात सुजाता ने संजय का प्रस्ताव अपनी माँ को बताया। माता ने सुजाता के पिता को बताया। दोनों पति-पत्नी हतप्रभ थे। इस रूढ़िवादी समाज में यह कतई संभव न था। यद्यपि सुजाता के पिता, मित्र मंडली मे नारी कल्याण एवं नारी हक के बारे में बड़ी-बड़ी बातें करते थे, परन्तु जब अपने घर में बात उठी तो होश उड़ गए; सामाजिक प्रतिष्ठा दीवार बनकर सामने खड़ी हो गई। उन्होंने बड़े प्यार से बेटी को समझाया- ''हम कोई फिल्मी दुनिया के आदमी नहीं हैं; जहाँ जात-पात कोई मायने नहीं रखता है; न ही हम कोई पूँजीपति हैं, जो समाज की अवहेलना कर शान से रहेंगे... हम तो बहुत ही साधारण मध्यमवर्गीय परिवार के आदमी हैं, जो किसी तरह कमाकर दो वक्त की रोटी जुटाते हैं और समाज में इज्जत बचाकर रखते हैं; यही इज्जत हमारी सबसे बड़ी पूँजी है, यह पूँजी हाथ से निकल गई तो हम फकीर हो जाएँगे, अतः बेटी कोई ऐसा कदम मत उठाना कि हमें फकीर होना पड़े।

माता-पिता ने अपना निर्णय सुजाता को सुना दिया। सुजाता ने इसे स्वीकार कर लिया। उसने जरा भी तर्क-वितर्क या प्रतिवाद नहीं किया। सुजाता के पिता ने कहा ''इस वर्षांत तक हमें किसी भी तरह सुजाता की शादी कर देनी है। लड़के में कुछ कमी हो तो भी हम उसे नजरअंदाज कर देंगे। अब अच्छा घर-द्वार या नौकरी पेशा लड़के के चक्कर में नहीं पड़ना है, अब इन सबसे समझौता करना पड़ेगा। इस निर्णय से माँ दुखी तो थी, लेकिन कुछ बोल नहीं सकी।

साल खत्म होने के पहले ही सुजाता का ब्याह उसके पिता ने एक मध्यमवर्गीय लड़के से तय कर दिया। जोड़ी कुछ मायने में सही थी, तो कुछ मामलों में बेमेल। लड़का आईटीआई पास करके किसी प्राइवेट कंपनी में मिस्त्री का काम करता था। रंग साँवला, परन्तु कद काठी का अच्छा था। सुजाता ने माता-पिता के फैसले को स्वीकार कर लिया। अपने से बड़ों का विरोध करना उसकी फितरत नहीं थी। पास-पड़ोस एवं रिश्तेदार भी खुश हो गए होंगे, जो आपस में बाते करते थे कि लड़की अट्ठाईस पार कर गई, इसे जैसा भी लड़का मिले, ब्याह कर देना चाहिए।

लड़का और सुजाता में कोई मेल नहीं था। सुजाता गुणों में उस पर भारी पड़ रही थी, परन्तु उसके साँवले रंग ने उसके सारे गुणों को ढककर रख दिया था। उधर संजय काफी निराश था। काम में उसका मन नहीं लग रहा था। एक बार उसने सुजाता के पास खबर भी भिजवाया कि अगर उसने हाँ नहीं कहा तो वह आत्महत्या तक कर सकता है। सुजाता ने उसे फोन पर कड़ी झिड़की देते हुए इस तरह की कायराना हरकत से मना किया। कहा कि ''आत्महत्या कायर लोग करते हैं; मैं तुम्हें बहुत साहसी और बहादुर समझती हूँ, ऐसी बातें मन मे कभी भूलकर भी मत लाइएगा... जीवन ईश्वर का दिया अनमोल उपहार है, इसे नष्ट करने का अधिकार किसी को नहीं है।'' सुजाता उसे फोन पर बच्चों जैसा समझाती रही। वह चुपचाप बिना कुछ बोले रुँधे गले से सुनता रहा।

विवाह के सात दिन रह गए थे। सुजाता का मन रह-रह कर बैठा जा रहा था। अब यह शहर, यहाँ के लोग, माता-पिता सब छूट जाएँगे... सब कुछ पराया हो जाएगा। यहाँ पर बिताया हरके पल अतीत के लमहों में खो जाएगा। वह संजय से अंतिम बार एक विनती करना चाहती थी। अगर वह फोन करती तो लोग तरह-तरह की बातें करते, इसलिए उसने एक पत्र लिखने का निश्चय किया।

पत्र में कुशल-क्षेम लिखने के बाद उसने लिखा - ''मित्र, अब मैं सदा के लिए इस स्थान से विदा हो रही हूँ, फिर पता नहीं कब भेंट हो; मेरी एक विनती है; आशा करती हूँ कि तुम अवश्य पूरा करोगे। तुम आई.ए.एस. अफसर बनो... अफसर बनने के बाद अपनी पत्नी के साथ अवश्य मेरे यहाँ चाय पर आना, मुझे बहुत खुशी होगी। यदि मेरे पति का आदेश हुआ तो मैं भी आई.ए.एस. की तैयारी करूँगी। अगर मैं पहले बन गई तो अपने पति के साथ अवश्य तुमसे मिलने आऊँगी, ये मेरा वादा है। तुम्हारे उज्ज्वल भविष्य की कामना के साथ मैं यह पत्र समाप्त करती हूँ।

पत्र मंजूषा में पत्र डालते समय सुजाता की आँखों से टप-टप आँसू गिर रहे थे, जिसे किसी ने नहीं देखा।

९

अफसर बेटा

''उफ! इस लड़क से तो मैं तंग आ गया हूँ; कितना भी ट्यूशन लगा दो, चालीस से ज्यादा नम्बर नहीं लाएगा। इसके चलते कितना इंसल्ट हो रहा है, आस-पड़ोस और स्कूल में मुँह दिखाने लायक नहीं रह गए हैं।''- वर्मा जी भवेश का रिजल्ट देखकर चिल्ला रहे थे।

मम्मी भी पापा के सुर में सुर मिला रही थी। बोली- ''मुझे तो कुछ भी समझ में नहीं आ रहा कि क्या करूँ; पड़ोस वाले गुप्ता जी का बेटा बिना ट्यूशन के नाइंटी परसेंट नम्बर लाता है, भगवान वैसा बेटा सबको दे। हमारे तो भाग्य ही फूटे हैं। ले देकर एक ही बेटा है, वह भी पढ़ने-लिखने में एकदम फिसड्डी!''

तेहर साल का भवेश चुपचाप नजरें झुकाए माता-पिता के उलाहने सुन रहा था। यह कोई नई बात नहीं थी। इस तरह के उलाहने सुनने का वह आदी हो चुका था। आखिर वह करे भी तो क्या। रात-दिन परिश्रम करने के बाद भी वह साइंस सब्जेक्ट में पचास से ज्यादा नम्बर नहीं ला पाता। गणित के नाम पर उसे पसीना छूटता है। गणित में सिर्फ चालीस नम्बर ही ला पाता है। मंदबुद्धि के चलते स्कूल में भी वह दया की दृष्टि से देखा जाता था। चित्रकला में उसे रुचि थी। भवेश हरेक रविवार को फाइन आर्ट की क्लास अटेंड करता था, परन्तु उसके इन गुणों का कोई कद्रदान नहीं था। माता-पिता भी कभी इस बात का जिक्र नहीं करते कि उनका बेटा एक बड़ा

चित्रकार बन सकता है... उन्हें तो बस इस बात की धुन सवार थी कि बेटा एक बड़ा इंजीनियर बने।

प्रायः उसकी पढ़ाई को लेकर अक्सर ही घर में शोर-गुल होता रहता था। कभी-कभी उसके माता-पिता आपस में ही झगड़-पड़ते थे। माता-पिता का यूँ आपस में झगड़ना उसे शर्मसार कर देता था। उसकी मंदबुद्धि के लिए पिता अक्सर उसकी माता को दोषी ठहराते। कहते- "तुम्हीं ने बचपन मे इसको ठीक से केयर नहीं किया, उसी से यह मंदबुद्धि निकल गया है। बच्चों की परवरिश माँ कि जिम्मेवारी है, पिता का काम है पैसे कमाकार लाना।'' माँ भी कहाँ पीछे हटने वाली थी... वह भी शब्दों के ऐसे-ऐसे बाण छोड़ती कि पिता तिलमिलाते हुए घर से बाहर निकलकर किसी मित्र के घर चले जाते थे। भवेश चुपचाप अपराधी की तरह सर झुकाकर एक कमरे में बैठा रहता। सोचता- 'काश! मैं भी अन्य लड़कों की तरह पढ़ने में तेज होता!'' समय बीतता रहा। यूँही ताने, उलाहने, डाँट सुनते-सुनते भवेश दसवीं कक्षा तक पहुँच गया।

दसवीं की फाइनल परीक्षा की तिथि घोषित हो गई। मम्मी-पापा एवं ट्यूशन मास्टर की दबिश भी बढ़ गई। पापा काम से आने के बाद जूता-मोजा खोलते-खोलते ही शुरू हो जाते- ''फाइनल एग्जाम है, नाइंटी परसेंट से कम में काम नहीं चलेगा; अच्छे कॉलेज के लिए नाइंटी फाइव तक लाना पड़ेगा।'' मम्मी दाल छौंकते-छौंकते ही बोलती ''बेटा मैथ का फारमूला एकदम रट जाना, मैथ बहुत ही स्कोरिंग सब्जेक्ट है।'' भवेश कुछ नहीं बोलता चुपचाप किताबों में डूबा रहता। वह अपनी सामर्थ्य जानता था। वह सोचता, कहीं नाइंटी परसेंट के चक्कर मे उसके दिमाग का इंजन मत फेल हा जाए।

कभी-कभी उसे अंदर से घबराहट सी महसूस होती। लगता था जैसे दम घुट रहा है। तब उसे एक ही जगह शांति मिलती। वह जाकर पास के एक मंदिर के चबूतरे पर बैठ जाता। वहाँ एकाध घंटा बैठने के बाद लगता जैसे दिमाग का बवंडर शांत हो गया है।

वह मंदिर के प्रांगण में बैठकर चुपचाप पुजारी की गतिविधियों को नोट करता था। कभी-कभी उसके मन में खयाल उठता था कि काश वह भी

पुजारी होता तो कितना अच्छा होता! पढ़ाई-लिखाई का कोई झंझट नहीं, किसी का कोई दबाव नहीं; सिर्फ पूजा करो और टेंशन फ्री हो जाओ... न मैथ बनाने का सर दर्द, न फिजिक्स-केमिस्ट्री का चक्कर। उसके मन में कुछ विचार आया और चेहरा प्रफुल्लित हो उठा।

दूसरे दिन ट्यूशन से भवेश घर नहीं लौटा। टिकट कटाकर वह सीधे वाराणसी की ट्रेन में जा बैठा। उसने किताबों मे पढ़ा था कि वाराणसी मंदिरों का शहर है। उसने मन में निश्चय किया कि वह किसी मंदिर में पुजारी के साथ रहकर पूजा-पाठ सीखेगा। परन्तु उसे गहरा सदमा लगा, जब किसी भी पुजारी ने उसे पूजा-पाठ सिखाना स्वीकार नहीं किया, क्योंकि वह जन्म से ब्राह्मण नहीं था। भवेश के लिए यह एक नया अनुभव था। ब्राह्मण होने की अनिवार्यता उसे अब समझ में आ रही थी। काश वह भी ब्राह्मण होता तो कितना अच्छा होता।

एक बार उसके मन में आया कि लौट चला जाए, माता-पिता चिन्तित होंगे... परन्तु यह विचार क्षणिक था, क्योंकि दूसरे ही पल मैथ का टेंशन सर पर सवार हो गया। ट्यूशन सर की आवाज कानों मे गूँजने लगी- ''भोंदू कहीं का! घोल के पिला दो तब भी चालीस से ज्यादा नम्बर नहीं लाएगा।'' उसने निश्चय किया, वह किसी भी हालत में घर नहीं लौटेगा, भले ही नदी में कूदकर जान देना क्यों न पड़े। उसके पग अनायास ही नदी की तरफ चल पड़े।

मन को मोहने वाली, पाप नाशिनी, कल-कल बहती हुई गंगा की अविरल धारा कितनी सुंदर लग रही थी। पास के पैसे भी खत्म हो चुके थे। आत्महत्या के विचार से वह जरा भी नहीं घबराया। पानी में उतरते वक्त जो डर लग रहा था, वह धीरे-धीरे खत्म हो गया। घुटनों तक पानी आ चुका था। दुष्ट मन हिम्मत दे रहा था - ''भवेश डरो मत! सिर्फ एक बार गहरे पानी में डुबकी लगाओ, सारे टेंशन खत्म हो जाएँगे, कोई मैथ बनाने को नहीं कहेगा।'' अन्तरात्मा की आवाज आई- ''भवेश! आत्महत्या महापाप है; अपनी माता का चेहरा देखो, जिसने असीम कष्ट सहकर तुम्हें पाला पोसा, तुम्हें बिना खिलाए जो कभी सोती नहीं थी; उस माँ पर क्या गुजरेगी।'' माँ का चेहरा आँखों के सामने घूमने लगा। उसके पैर ठिठक गए। नहीं, वह

आत्महत्या नहीं करेगा, माता को जीवन भर का दुःख नहीं देगा। धीरे-धीरे वह पानी से बाहर निकल आया।

जेब में पैसे नहीं थे। भूख-प्यास से बुरा हाल था। एक पेंटर की दुकान के सामने चक्कर खाकर गिर पड़ा। पेंटर हबीब मियाँ उसे उठाकर दुकान में ले गए। पानी के छींटे मारे। होश में आने पर उन्होंने प्यार से उसका नाम एवं पता पूछा। भवेश ने सिर्फ नाम बताया। पता पूछने पर उसने चुप्पी साध ली। हबीब मियाँ ने उसे अनाथ समझकर अपनी दुकान में नौकर रख लिया। भवेश फाइन आर्ट का कोर्स कर चुका था, अतः उसकी पेंटिंग देखकर हबीब मियाँ हैरान थे। छोटी सी उम्र में इतनी प्रतिभा! परन्तु भवेश ने उनको अपने अतीत के बारे में कुछ नहीं बताया। परन्तु हबीब मियाँ ने भी धूप में बाल सफेद नहीं किए थे। भवेश अनाथ है, यह बात उनका मन कतई मानने को तैयार नहीं था।

भवेश दुकान के काम में हाथ बँटाने लगा। दुकानों के साइनबोर्ड, राजनैतिक पार्टियों के बैनर बहुत ही सुंदरता से बनाने लगा। एक बार उसने यूँ ही एक प्राकृतिक दृश्य बनाकर दुकान के बाहर सूखने के लिए रख दिया। एक कला प्रेमी सज्जन की नजर पड़ी, उन्होंने उसे पाँच सौ रुपये देकर खरीद लिया। हबीब मियाँ ने कहा- ''बेटा ये तुम्हारी कमाई है, इसे अपने पास रखो।'' भवेश ने सपने मे भी नहीं सोचा था कि जो चीज उसने खेल-खेल में बना दिया वह पाँच सौ मे बिकेगी। उसकी हिम्मत बढ़ गई। उसने दूसरी एक पेंटिंग बहुत ही मेहनत से बनाई, वह भी एक सज्जन ने आठ सौ रुपये में खरीद लिया।

पास में कुछ पैसे आने पर उसने सर्वप्रथम घर पर अपनी माँ को फोन किया। माँ का रो-रोकर बुरा हाल था। भवेश भी फोन पर रोने लगा। उसने माँ से कहा- ''माँ मेरी चिन्ता मत करना, मैं जहाँ भी हूँ सुरक्षित हूँ; मैं घर नहीं आ सकता, क्योंकि मुझसे मैथ नहीं बनेगा; लेकिन जब मुझे मेरी मंजिल मिल जाएगी मैं अवश्य आऊँगा। माँ मुझे दुःख है कि मैं आपका अफसर बेटा नहीं बन सका। माँ प्लीज मुझे माफ कर देना... मुझमें अफसर बनने के गुण नहीं हैं, मैं अफसर नहीं बन पाऊँगा।'' माँ कुछ बोलती, पर उसने रोते हुए फोन काट दिया।

एक दिन हबीब मियाँ ने कहा- ''बेटा तुम अपनी पेंटिंग की प्रदर्शनी दिल्ली में जाकर क्यों नहीं लगाते? वहाँ कला के बड़े-बड़े कद्रदान हैं... देश की राजधानी है; नाम, यश, पैसा सब कुछ मिलेगा। भवेश को यह बात जँच गई। उसने दिल्ली के एक पुस्तक मेले मे अपनी पेंटिंग रखने के लिए आयोजकों से अनुमति माँगी। बहुत आरजू मिन्नत करने के बाद एक कोने में थोड़ी सी जगह मिल गई। पुस्तक मेला दस दिनों का था, परन्तु भवेश की सारी पेंटिंग पाँच दिनों में ही बिक गईं। मुनाफे का कुछ हिस्सा आयोजकों ने लिया। अब भवेश शहरों में घूम-घूमकर अपने चित्रों की प्रदर्शनी लगाने लगा। सप्ताह में एक बार अपनी माँ को अवश्य फोन करता।

तीन वर्ष बीत गए। अब भवेश एक नामी चित्रकार बन चुका था। उसके फोटो अखबार एवं मैगजीनों में छपने लगे। एक दिन हबीब मियाँ ने कहा- ''बेटा इस बार हम तुम्हारा जन्म दिन बहुत ही धूमधाम से मनाना चाहते हैं, तुम न मत कहना। भवेश ने अनमने मन से हाँ कह दिया। उसका मन कह रहा था कि अब समय आ गया है अपने माता-पिता के पास लौटने का। भवेश के जन्मदिन पर हबीब मियाँ ने बहुत बड़ी पार्टी का आयोजन किया। शहर के प्रतिष्ठित लोग आमंत्रित थे। केक काटने के बाद भवेश ने हबीब मियाँ के पैर छुए। हबीब मियाँ ने गले से लगा लिया। बोले- ''बेटा उस कमरे में चलो, वहाँ तुम्हारे लिए एक बेशकीमती उपहार है।'' भवेश कमरे के पास पहुँचा। हबीब मियाँ ने परदा हटा दिया।

भवेश की आँखें आश्चर्य से फटी रह गईं। अन्दर पापा एवं मम्मी बैठे थे। भवेश उनके पैर छूकर लिपट गया। आँखों से अश्रु की अविरल धार बहने लगी। माँ-बेटे का मिलन देख सभी रो पड़े। पापा बोल उठे, आज मुझे गर्व है कि मेरा बेटा एक महान चित्रकार है, तुम्हारे नाम एवं यश के सामने हजारों अफसर न्योछावर है।

10

मँगरू मदारी वाला

दो पटरियों पर भारी भरकम लौहपथगामिनी सरपट दौड़ती चली जा रही थी। मैं मन ही मन उन अंग्रेजों के साहस की दाद दे रहा था, जिन्होंने पहली बार सन् 1853 ईसवी में भारत में रेल चलाई थी। बड़ा अद्भुत नजारा रहा होगा, जब लोगों ने पहली बार ट्रेन को दो पटरियों पर चलते देखा होगा। बहरहाल टाटा नगर स्टेशन पार हो चुका था, गाड़ी धीरे-धीरे स्पीड पकड़ रही थी।

एक दुबला-पतला करीब साढ़े पाँच फिट का लड़का, जो फ्रेंच कट दाढ़ी रखे हुए था, कंपार्टमेंट में घुसा। उसके पास वेटिंग टिकट था। जिनके पास कंफर्म टिकट था, वे उसे हिकारत भरी नजरों से देखने लगे, मानों वेटिंग टिकट लेकर उसने बहुत बड़ा गुनाह किया हो और अब दंड भुगतने के लिए तैयार रहे। लड़के ने कई लोगों से आग्रह किया कि उसे एक किनारे बैठने दिया जाए, परन्तु वे उसे क्यों बैठने देते... उन्होंने तो रेलवे से बर्थ हमेशा के लिए खरीद लिया था। कुछ ने कहा ''आगे बढ़ो भाई, देखो कहीं खाली होगा।'' एक ने कहा- ''कुछ देर इंतजार करो, टीटी आने वाला है उससे बात कर लेना।'' एक महाशय नसीहत देने लगे- ''हम तो भाई बिना कंफर्म टिकट के यात्रा नहीं करते, फिर इस सीजन में वेटिंग टिकट लेकर चलना आफत मोल लेना है।''

मुझे उस लड़के पर बहुत दया आ रही थी। कंपार्टमेंट में सारी सीटों

का मुआयना करके वह आखिर में मेरे बर्थ के सामने आकर खड़ा हो गया। मैं सोचने लगा कि वह आखिर यहीं पर आकर क्यों खड़ा हुआ... वह कहीं और भी तो खड़ा हो सकता था। शायद उसके प्रति मेरे में जो दया भाव पैदा हुआ था, उसे उसने भाँप लिया होगा। मैं निचली बर्थ पर था। मैंने इशारे से उसे बैठने के लिए कहा। लड़का मेरे पैर के पास धन्यवाद कहकर बैठ गया। उसकी फ्रेंच कट दाढ़ी देखकर मैं थैक्यू जैसे शब्द की आशा कर रहा था, परन्तु उसने शुद्ध हिन्दी में धन्यवाद कहा, वह भी मुस्कराहट के साथ। हिन्दी भाषा के प्रति उसका सम्मान मुझे बहुत ही अच्छा लगा।

मुझे नींद नहीं आ रही थी सो मैं भी उठकर बैठ गया। बीच वाली बर्थ सर के ऊपरी हिस्से को स्पर्श कर रही थी। लड़का भी सर झुकाकर किसी तरह बैठा हुआ था। मैंने पूछा ''बाबू, आपका नाम क्या हुआ?''

''जी, मँगरू मदारीवाला।''

''मँगरू मदारीवाला!'', यह नाम मुझे कुछ अजीब सा लगा। संभवतः यह नाम मैं पहली बार सुन रहा था। पारसियों में बोधनवाला। पालकीवाला जैसे नाम मैंने सुने थे; परन्तु मदारीवाला! यह नाम कुछ हजम नहीं हो रहा था।

मैंने पूछा- ''पारसी हो क्या?''

जी नहीं, मेरा कोई धर्म नहीं है, या यूँ कहिए कि मैं सभी धर्मों में विश्वास रखता हूँ... मेरी नजरों में ईश्वर, अल्लाह या गॉड सभी बराबर है। मेरा नाम सुनकर शायद आपको हैरानी हो रही है इसलिए आप पूछ रहे हैं। मैंने मुस्कराकर सर हिलाया।

दरअसल यह नाम मैंने खुद रखा है। नाम का पहला हिस्सा मेरे पालनहार पिता द्वारा रखा गया था। मेरे पिता एक मदारी थे। बंदरों का नाच दिखाकर परिवार चलाते थे। उनको सम्मान देने के लिए मैं मँगरू मदारीवाला बन गया।

मेरी जन्मदात्री कौन है, मुझे नहीं मालूम... बच्चा जन्म लेने के पश्चात माँ की आँचल में सुख से सोता है, परन्तु मुझे जन्म के पश्चात मंदिर का

प्रांगण मिला, जहाँ पर माता एवं पिता का प्यार एक देवता तुल्य पुरुष ने दिया, जो मदारीवाला था, जो बंदरों का तमाशा दिखाकर दो वक्त की रोटी का जुगाड़ करता था।

मँगरू की कहानी सुनते हुए लगा कि जैसे मैं कोई फिल्म देख रहा हूँ। मेरी उत्सुकता बढ़ती जा रही थी। मैंने कहा- ''आपका अतीत मुझे बहुत हैरान कर रहा है, मेरी जिज्ञासा बढ़ती जा रही है; अपने बारे में कुछ और बताइए... मसलन आपकी पढ़ाई-लिखाई कैसे कहाँ हुई, अभी आप क्या कर रहे हैं इत्यादि।''

मेरी बातें सुनकर युवक थोड़ा गंभीर हो गया। कुछ देर के लिए वह मौन हो गया। लगा जैसे अतीत में वह कुछ कुरेदने की कोशिश कर रहा है। शायद वह ऊहापोह की स्थिति में था कि बताया जाय कि नहीं, क्योंकि वह किसी कुलीन घराने से ताल्लुकात तो रखता था नहीं कि सीना ठोकर कुछ बखान कर सके जैसा आमतौर पर आजकल के व्यक्ति करते हैं। घर में भले ही भूनी भाँग न हो, पर गाँव में बावन बीघा खेत की चर्चा जरूर करेंगे। शायद वह मन में सोंच रहा था कि कहाँ से शुरूआत किया जाय।

युवक बोला - ''जैसा कि मैं आपको पहले ही बता चुका हूँ कि मेरी जन्मदात्री माता ने जनमते ही अवांछित समझकर मुझे कूड़े के ढ़ेर में फेंक दिया था; मेरे मदारी बाबा ने मुझे नया जीवन दिया। उन्होंने मुझे अपने बेटे की तरह पाल-पोसकर बड़ा किया। कभी तबीयत खराब होती तो कलेजे से लगाकर रात भर जागते थे... उस दिन वो खेल दिखाने नहीं जाते थे।

मेरे बाबा के पास एक बंदर एंव एक बँदरिया थी; तीसरा मैं था। यही हमारा परिवार था। मेरे बाबा बड़े ही प्यार से कहते थे कि मेरे दो बेटे एवं एक बेटी है। बंदर-बँदरिया को वे अपना बेटा-बेटी के समान मानते थे। वे मुझसे कहा करते थे - ''ये दोनों तेरे बड़े भाई और बहन हैं; ये ही तूझे कमाकर पढ़ाएँगे। इन्हीं की कमाई से तू पढ़-लिखकर बड़ा अफसर बनेगा, लाल बत्ती गाड़ी में घूमेगा... बोल, अफसर बनेगा न? मैं चुपचाप हाँ में सर हिला दिया करता था।

मैं युवक की आत्मकथा बड़े ही ध्यान से सुन रहा था। युवक बोला-

''मेरे बाबा ने मेरा नाम एक अंग्रेजी माध्यम के स्कूल में लिखवा दिया था। तमाशा दिखाने से जो पैसे आते थे, वो पूरा नहीं पड़ते थे। अतः मैंने छोटे बच्चों को पढ़ाना शुरू किया। उसी तंगहाली में किसी तरह मैंने सातवीं पास किया। उसके बाद तो मेरी जिंदगी में जैसे भूचाल आ गया।

''क्या हुआ?'' मेरी उत्सुकता बढ़ती जा रही थी। हुआ ये कि एक दिन वन-विभाग वालों ने मेरे बाबा से बंदरों का जोड़ा छीन दिया और उसे स्थानीय चिड़ियाघर को सौंप दिया। मेरे बाबा ने बहुत हाथ-पैर जोड़ा, कहा- ''सरकार, हम भूखे मर जाएँगे, यही हमारी जीविका का साधन है, यही हमारी जमा पूँजी है।'' पर वन विभाग वालों ने एक न सुनी... पशु प्रताड़ना के आरोप में जेल भेजने की धमकी देने लगे। मेरे बाबा मन मसोस कर रह गए। दो दिन तक उन्होंने खाना नहीं खाया। उनका यह शोक पुत्र शोक से कम नहीं था।

भुखमरी की समस्या से निजात पाने के लिए उन्होंने काम की तलाश में कई जगह हाथ फैलाया, परन्तु उनके बुढ़ापे को देखते हुए किसी ने उन्हें काम नहीं दिया। कुछ दिन तक माटी कोड़कर बेचते रहे, परन्तु माटी भी आखिर रोज-रोज कौन खरीदता।

स्थिति इतनी दयनीय हो गई कि स्कूल की फीस देने को पैसे नहीं थे। प्रधानाचार्य से आरजू-मिन्नत की तो आधा फीस माफ हुआ, परन्तु वह भी नहीं दे सका, फलतः स्कूल से निकाल दिया गया। मेरे बाबा ने आठवीं कक्षा में सरकारी स्कूल में नाम लिखवा दिया। एक अच्छे विद्यालय से निकाल दिए जाने की वजह से बाबा के दिल को बड़ी चोट लगी थी। वे अक्सर बीमार रहने लगे। सरकारी अस्पताल से कभी-कभार दवा मिलती तो खा लिया करते थे।

एक दिन की बात है। काफी बारिश हो रही थी। हम अपनी झोपड़ी में दुबके बैठे हुए थे। उस दिन बाबा को काफी बुखार था। ठंढ से काँप रहे थे। उन्होंने पास बुलाया और कहा- ''अब मेरा इस दुनिया से जाने का समय आ गया है; बेटा, तू मुझसे एक वादा कर, तू अफसर बन के दिखाएगा और हाँ, अफसर बनके गरीबों की मदद से मुँह मत मोड़ना... गरीब दुखियों की सेवा ही सच्चा धर्म है।'' मैं रोते हुए बोला- ''मैं आपकी हर इच्छा पूरी

करूँगा, आप जल्दी अच्छा हो जाइए।'' अगली सुबह बाबा फिर सोकर नहीं उठे।

बाबा का जाना मेरे ऊपर पहाड़ टूटने से कम नहीं था। मैं एकदम से अनाथ हो गया। ट्यूशन पढ़ाकर एवं छात्रवृत्ति के सहारे किसी तरह मैंने बी.ए. पास किया। दुकान से पुरानी किताबें खरीदकर मैंने भारतीय प्रशासनिक सेवा की तैयारी पूरी की। मेरे बाबा का आशीर्वाद सदैव मेरे साथ रहा। प्रथम प्रयास में ही मेरा सेलेक्शन भारतीय प्रशासनिक सेवा के लिए हो गया... अभी मैं प्रशिक्षण के लिए जा रहा हूँ। उसने अपना कॉल लेटर मुझे दिखाया।

मैं भौंचक सा युवक का मुँह देखे जा रहा था। मेरे सामने एक होनहार आई.ए.एस. अफसर बैठा हुआ था, जिसका नाम था मँगरू। ट्रेन की रफ्तार कम हो रही थी। युवक उठकर खड़ा हो गया। बोला- ''नमस्कार, अगले स्टेशन से मुझे दूसरी गाड़ी पकड़नी है... आपके साथ सफर बहुत अच्छा रहा, साथ देने के लिए धन्यवाद।'' युवक के उतरने के बाद मेरी तन्द्रा भंग हुई। मुझे लगा जैसे मैं थोड़ी देर पहले फिल्म देख रहा था।

11

चंपा आंटी

मुहल्ले में सभी बच्चों के लिए वो चंपा आंटी थी। उमर के हिसाब से किसी के लिए बहू थी तो किसी के लिए आंटी थी। मुहल्ले में काफी लोकप्रिय महिला थी। वक्त-बेवक्त कभी किसी के घर कुछ काम पड़ जाय या बुलावा आ जाए, तो कभी जाने से इंकार नहीं करती थी। शादी-ब्याह हो या जनेऊ - मुंडन... बिना चंपा आंटी के सब कुछ अधूरा रहता।

चंपा एक विधवा महिला थी। पति की मृत्यु पैंतीस वर्ष की अल्पायु में एक सड़क दुर्घटना में हो चुकी थी। दो बेटे और एक बेटी है। पति, बच्चों को ट्यूशन पढ़ाकर एवं छोटे-मोटे काम करके घर चला लिया करते थे। उनके मरने के बाद चंपा पर मुसीबतों का पहाड़ टूट पड़ा। इस दुःख की घड़ी में पति के तीनों भाइयों ने साथ दिया। सभी अपने वेतन का कुछ हिस्सा प्रत्येक महीना खर्चा के तौर पर दिया करते थे। घर के एकाध कमरों को चंपा ने भाड़े पर लगा दिया था... इन्हीं सहारों से किसी तरह जीवन की गाड़ी सरक रही थी।

पति की मृत्यु के बाद चंपा कुछ ज्यादा ही धार्मिक हो गई थी। उन्हें अब इस संसार से विरक्ति सी हो गई थी। कहीं भी पूजा-पाठ, भजन या कीर्तन का आयोजन होता, वह अवश्य जाती थी। लोग उनके बारे में तरह-तरह की बातें करते। जहाँ भी चार औरतें बैठतीं, चंपा की बुराई शुरू हो जाती। पुनिया कि माँ कहती- ''सुना है कि चंपा डायन विद्या सीख रही है;

रात में उसके यहाँ कभी पंडित, कभी मौलाना, तो कभी तांत्रिक आता है, जाने क्या-क्या करती है, मुझे तो अब उससे बात करने में भी डर लगता है।'' ''अरे सुना है कि वो अपने पति के आत्मा की शांति के लिए ये सब करती है... भला वो गऊ जैसा आदमी, जिसने कभी किसी का कुछ बिगाड़ा नहीं, वो मरने के बाद क्यों किसी का अनभल करेगा।'' - शीला बीच में टपक पड़ी।

रशिम बोली- ''सुना है कि वो घर को जादू-टोना से बँधवा रही है; देखती नहीं हो घर में व्यक्ति-व्यक्ति के हाथ में ताबीज बँधा है।''

चंपा को इन सब बातों से कोई मतलब नहीं था।

जब भाग्य ने ही धोखा दिया तो दूसरे को क्या दोष देना। समय आहिस्ता-आहिस्ता बीत रहा था। बच्चे भी अब धीरे-धीरे बड़े हो रहे थे। बेटी की शादी की चिन्ता सताने लगी थी। गाहे-बगाहे बेटी की शादी का जिक्र चंपा अपनी देवरानी-जेठानी के सामने कर दिया करती थी। जेठानी जवाब देती- ''काहेला अभी से परेशान हो; हमार रानी तो तुम्हारी बिटिया से तीन बरस बड़ी है, बड़की कुँवार घर में बैठी रहे आ छोटकी के डोली चढ़ा दे, इ कौनो बात हुआ।

इसके आगे चंपा कुछ जवाब नहीं देतीं, क्योंकि वो अच्छी तरह जानती थी कि वह एक बोलेंगी तो दस सुनना पड़ेगा। कुछ समय बाद तीनों भाइयों को भी महसूस हुआ कि चंपा की बेटी लता का ही विवाह पहले करना होगा, क्योंकि लता छोटी होने पर भी सबसे बड़ी दिखती थी।

चंपा के नैहरवालों ने लता के लिए एक लड़का पसंद किया था। लड़का रंग का साँवला, परन्तु कद-काठी से लम्बा-चौड़ा पुलिस की नौकरी में था। भाइयों ने साफ कर दिया कि लड़का कैसा भी हो पर यदि चंपा को पसंद है तो उन्हें कोई आपत्ति नहीं।

चंपा भला क्या निर्णय लेती, वह तो खुद दूसरे पर आश्रित थी। लता का रंग साफ था। लड़का कुछ ज्यादा ही साँवला था। यदि साफ-साफ कहा जाय तो जोड़ी बेमेल थी। परन्तु यदि इस रिश्ते को चंपा इंकार करती है तो उसके मैकेवाले चुप बैठ जाएँगे और समय आने पर बोलेंगे कि हमने तो

रिश्ता खोज ही दिया था, अब लता के लिए सपनों का राजकुमार कहाँ से खोजेंगे। नैहर में भौजाइयों के व्यंग्य बाणों से बचने के लिए चंपा ने रिश्ते को मंजूर कर लिया।

लता की शादी के लिए बजट तैयार हुआ। छह लाख रुपये खर्च होने का अनुमान लगाया गया। सबसे छोटे भाई ने, जिसकी मासिक आमदनी कुछ कम थी, उसने एक लाख रुपया दिया। मँझले भाई ने डेढ़ लाख दिया। बाकी का खर्चा सबसे बड़े भाई ने देना स्वीकार किया। विवाह की तैयारियाँ होने लगीं। छोटी-छोटी बातों में तू-तू मैं-मैं आम बात थी, परन्तु इस सब बातों से सबसे ज्यादा लता आहत होती थी। उसके कोमल मन में ये बात हमेशा खटकती थी कि यदि आज उसके पापा जीवित होते तो ये दिन देखना नहीं पड़ता, उन्हें दूसरों पर आश्रित होना नहीं पड़ता।

चंपा का बड़ा बेटा अब पंद्रह-सोलह बरस का हो चुका था। वह काफी समझदार था। जब भी घर में कुछ रुपये-पैसे की कमी होती, वह उदास होकर माँ से बोलता- ''मम्मी आज पापा होते तो कितना अच्छा होता! तुम्हें कोई चीज की कमी नहीं होती, हम भी पहले की तरह खुश रहते।'' चंपा कुछ नहीं बोलती, चुपचाप आकाश की तरफ देखने लगती। उसे महसूस होता जैसे लता के पापा सूक्ष्म शरीरधारी आसमान में खड़े होकर बोल रहे हैं ''घबराने की जरूरत नहीं, हम पल-पल तुम्हारे साथ हैं।''

लता के मँझले चाचा एक दूसरी बस्ती में किराये के मकान में रहते थे। वहाँ माँ काली का एक प्रसिद्ध मंदिर था। चंपा कई दिन से उस मंदिर में जाने की सोच रही थी, परन्तु समयाभाव के कारण जा नहीं पा रही थी। अब जब विवाह का समय आ चुका तो उसने निश्चय किया कि शुभ कार्य शुरू होने से पहले मंदिर जाना चाहिए।

एक दिन बहुत सबेरे ही चंपा नहा-धोकर मंदिर पहुँच गई। पूजा-पाठ करने के बाद उसने सोचा कि पास में ही देवरानी रहती है, क्यों न थोड़ा परसाद दे दिया जाय... भेंट मुलाकात भी हो जाएगी

जेठानी एवं उसके बच्चों से मिलकर शाम ढलते-ढलते चंपा अपने घर लौट आई।

दोपहर का काम निपटाने के बाद चंपा यूँ ही धूप सेंक रही थी। कल पूजा-पाठ एवं सवेरे नहाने-धाने के चक्कर में तबीयत कुछ ठीक नहीं लग रही थी। तभी दरवाजे पर दस्तक हुई। दरवाजा खुला तो जेठ-जेठानी दोनों सामने खड़े थे।

अचानक मँझले जेठ-जेठानी को सामने खड़ा देख चंपा स्तब्ध रह गई। अभी कल ही तो भेंट करके आई थी। उसने सहमते हुए कहा, सब कुशल मंगल तो है न?

''कुशल और मंगल! ये सब तेरे मुँह से अच्छा नहीं लगता... कुशल-मंगल में तो तू आग लगा के आई है; बता मेरे घर में तू कल क्या कर के आई है? अपने मुँह से बोलती है या झोंटा पटक के मारें तब बोलेगी?''

हल्ला-गुल्ला सुनके अगल-बगल के पड़ोसी और किराएदार भी जमा हो गए। कुछ तो इसी अवसर की तलाश मे रहते हैं कि दूसरे के घर में झगड़ा हो और जम के मुफ्त में मजा लिया जाय।

चंपा को काटो तो खून नहीं। वह सिर्फ इतना ही बोली- ''मैं कुछ समझी नहीं दीदी।''

मैं समझाती हूँ - ''कल तू मेरे घर आई थी... तेरे जाने के बाद जब मैंने घर में झाड़ू लगाया तो घर के कोने-कोने से पीला सरसों और सिंदूर मिला; बता तूने क्या जादू मंतर किया! कलमुँही जिस थानी में खाती है उसी में छेद करती है! हम तेरा खर्चा चला रहे हैं और तू हमें ही संकट में डालना चाहती है?''

जेठ भी गुस्से में लाल-पीले हो रहे थे। ''अरे डायन! हमें मारकर तुझे क्या मिलेगा? अपने पति को तो पहले ही मार चुकी हो, अब तो सब पर रहम करो; तेरी लड़की के विवाह के पश्चात् हम तेरा खर्चा उठाना बंद कर देंगे।''

चंपा के मुख से आवाज नहीं निकल रही थी, सिर्फ आँखों से आँसू गिर रहे थे। बोली- ''आप लोगों को जरूर कुछ गलतफहमी हुआ है, मैं भला ऐसा क्यों करूँगी, भगवान के लिए इतना बड़ा इलजाम मत

लगाइए... आप लोगों के हम पर बहुत अहसान हैं, हम कई जनमों में भी आपका अहसान नहीं चुका पाएँगे।''

जेठानी बोली- ''बस-बस... भगवान का नाम मत ले, तेरे मुँह से भगवान का नाम शोभा नहीं देता है... चलिए जी चलते हैं; और सुन, आज से तेरा मेरा रिश्ता खत्म; न तू हमारे घर आएगी न हम तेरे घर आएँगे।'' खरी-खोटी सुनाते दोनों पति-पत्नी निकल गए।

इस घटना को कई दिन बीत गए। दोनों परिवारों मे बोल-चाल बंद रहा। चंपा अक्सर गुमसुम रहा करती। पड़ोसियों और किरायोंदारों के सामने हुई बेइज्जती को भला कैसे भूलती। लता की शादी भी हो गई। शादी मे मँझले जेठ-जेठानी नहीं आए, लेकिन इतनी उदारता दिखाई कि अपने हिस्से का रुपया उन्होंने दूसरे के हाथों भिजवा दिया। लता की शादी के बाद सबने राहत की साँस ली क्योंकि बेटी का विवाह एक बड़ी जिम्मेवारी थी जिससे उन्हें मुक्ति मिल गई।

चंपा की मँझली जेठानी सफाई पसंद महिला थी। घर में एक तिनका भी दिखा तो तुरंत झाड़ू उठा सारे घर की सफाई करती थी। एक दिन यूँ ही उसके मन में विचार आया कि लोहे के जो बड़े-बड़े कन्टेनर जिन लकड़ी के तख्तों पर रखे हुए हैं, उनके नीचे सफाई किया जाय।

सफाई के दौरान कई सरसों के दाने मिले। वह हतप्रभ थी आखिर चंपा ने इतनी तंग जगह में सरसों के दाने कैसे फेंके। उसने पति का दिखाया। वह भी परेशान थे। कुछ समझ में नहीं आ रहा था कि आखिर माजरा क्या है। उन्होंने पत्नी से कहा चलिए घर के कोने-कोने को साफ करते हैं, तभी कुछ पता चलेगा।

आखिर सरसों का रहस्य मालूम हो ही गया। कुछ दिन पहले कुछ रिश्तेदार घर पर आए थे। वे बच्चों के लिए रामदाना का लड्डू लेकर आए थे। जब डब्बे में दो-तीन लड्डू बचे थे, एक चूहा महाशय ने अपना अधिकार जताते हुए डब्बे को गायब कर दिया। अब इन महाशय ने जहाँ-जहाँ लड्डुओं का भोग लगाया, वहाँ-वहाँ लड्डुओं के दाने, सरसों के दाने की तरह बिखर गए, जिसे छोटी जेठानी ने पीला सरसों समझ लिया था।

पति-पत्नी दोनों एक दूसरे को प्रश्नसूचक दृष्टि से देख रहे थे। मामले कि तहकीकात करने के बजाय उन्होंने निर्दोष चंपा को सरेआम बदनाम कर दिया था। जेठजी बोले- ''मुझे जादू-टोना जैसी बातों में कतई विश्वास नहीं, सिर्फ तुम्हारी संतुष्टि के लिए उस विचारी को मैंने इतना बात सुनाया... अब हमें बिना देर किए जाकर उससे काफी माँगनी चाहिए।''

जेठानी कुछ नहीं बोली क्योंकि ज्यादा हल्ला-गुल्ला तो उसी ने मचाया था। पता नहीं क्यों वह चंपा से हमेशा जली-कटी रहती थी। मौके का उसने खूब फायदा उठाया था... मन का सारा भड़ास निकाल लिया।

घर के दरवाजे पर ताला लटका हुआ था। चंपा अपने दोनों बच्चों के साथ कहीं चली गई थी। चाबी किराएदार को दे दिया था।

किराएदार ने चाबी जेठजी को थमाते हुए कहा ''मालकिन, जाते वक्त बहुत रो रही थी। बहुत पूछने पर भी नहीं बताया कि वो कहाँ जा रही है।''

पश्चाताप की अग्नि मे दोनों जल रहे थे। उन्हें समझ में नहीं आ रहा था कि कैसे चंपा से माफी माँगी जाय। जेठजी कभी दरवाजे में लटके ताले को देख रहे थे, कभी अपने हाथ में रखी चाबी को।

12

अपने लोग

मेरे एक मित्र हैं... बाबू सुनील कुमार। बड़े ही सज्जन व्यक्ति हैं। साथ में सहयोगी के तौर पर काम करते हैं। बाबू सुनील कुमार दो भाई हैं। दोनों ही शहर मे रहते हैं और नौकरी पेशा हैं। छोटा परिवार है, सुखी परिवार है। बाबू सुनील कुमार देश-गाँव से भी समृद्ध हैं। गाँव-घर की जमीन को उन्होंने गोतिया-पटीदार की देखरेख में छोड़ दिया है। अपने गोतिया-पटीदारों की प्रशंसा करते अघाते नहीं हैं।

सुनील जी अक्सर कहा करते हैं- ''फलाँ बाबू मेरे रिश्तेदार हैं गाँव में, बड़े ही नेक आदमी हैं, गाँव की मेरी एक-एक इंच जमीन का हिसाब रखे हुए हैं।''

यदा-कदा सुनीलजी का गाँव आना-जाना लगा ही रहता था। शहर में रहते हुए भी पुश्तैनी जमीन से अथाह प्रेम था। अवकाश ग्रहण के पश्चात् पति-पत्नी का गाँव में ही रहने का इरादा था।

एक दिन प्रातःभ्रमण के दौरान सुनील जी कुछ बेचैन नजर आ रहे थे। वे खोए-खोए से लग रहे थे। मैंने उनकी परेशानी जानना चाहा तो बड़े ही मायूस होकर बोले- ''क्या कहूँ प्रसाद जी, गाँव से खबर आई है कि कुछ दबंगों ने हमारी जमीन पर कब्जा जमा लिया है... हमें शीघ्र ही गाँव जाकर कुछ करना होगा, वरना पुश्तैनी जमीन हाथ से निकल जाएगी।'' दूसरे ही दिन सुनील जी अपने छोटे भ्राता के साथ गाँव रवाना हो गए।

गाँव जाने पर मालूम हुआ कि उनकी पुश्तैनी जमीन पर दबंगों ने नहीं बल्कि उनके ही कुछ दूर के रिश्तेदारों ने कब्जा जमा रखा है। सुनील जी ने सोचा कि कोर्ट-कचहरी जाने से अच्छा है कि आपस में ही मिल बैठकर मामला सुलझा लिया जाए, जाति-बिरादरी की बात ठहरी। बात मुखिया तक पहुँची। मुखिया ने दोनों पक्षों को बुलाया। समझाया-बुझाया कि कोर्ट-कचहरी जाने से सिवा पैसों की बरबादी के और कुछ न मिलेगा। दीवानी मामला है, फैसला आने में बरसों लग जाएगा। मुखिया ने उदाहरण दिया जितेन साह और रामबरस सिंह का। कहा- ''दोनों एक धूर जमीन के लिये बरसों से केस लड़ रहे हैं; वकील की फीस मे लाखों रुपये झोंक चुके हैं। उतना में तो अभी तक एक बीघा जमीन ले लिया गया होता,'' इसलिए अच्छा है कि आपस मे समझ-बूझ लो।

विरोधी समझदार था, चुपचाप पीछे हट गया। समझ गया कि इस मामले मे उसे किसी का समर्थन मिलने वाला नहीं है। रुपये-पैसे के मामले में भी कमजोर था। थाना-पुलिस और कोर्ट-कचहरी का खर्चा उठाना उसके वश की बात नहीं थी। उस खाली जमीन पर वह एक मामूली सा होटल चला रहा था।

दूसरे दिन एकांत में वह सुनील जी से मिला। उसने कहा कि उसे अगर पाँच हजार रुपये मिल जाएँ तो वह जमीन पर से हट जाएगा। उसने यह भी कहा कि वह बेहद गरीब आदमी है, जमींदार से मालगुजारी पर जमीन लेकर खेती करता है; दो वर्ष लगातार बाढ़आने से फसल नष्ट हो गया और घर मे खाने के लाले पड़ गए, तब उसके इस खाली पड़ी जमीन पर जमींदार से कर्ज लेकर किसी तरह एक दुकान तैयार किया; इसी चाय-नाश्ते की दुकान से घर चलता है।

सुनील बाबू मात्र पाँच-छह हजार रुपये लेकर ही घर से चले थे। उन्होंने पाँच हजार रुपये हाथ में दिया और कहा कि दो दिनों में वह जमीन खाली कर दे। दो दिन के अन्दर उस व्यक्ति ने जमीन खाली कर दिया और अपनी दुकान एक सरकारी जमीन पर लगा दिया। सुनिल बाबू निश्चिन्त हुए कि एक बला टली।

पूरे मामले को सुलझाने में तकरीबन दस-बारह दिन का समय लग

गया। इस दौरान सुनील जी और उनके अनुज, अपने चचेरे भाई के होटल में दो वक्त का भोजन कर लिया करते थे। किसी समय चचेरे भाई की इन्होंने तंगी के समय रुपये-पैसों से मदद की थी। चचेरा भाई इनका बहुत एहसान मंद था। उसके यहाँ भोजन के आग्रह को वे टाल नहीं सके।

जाने से पहले चचेरे भाई का शुक्रिया अदा करना उन्होंने अति आवश्यक समझा। चचेरा भाई दुकान पर ही भेंटा गया। जाने की बात सुनकर अति मायूस हो गया। बोला- ''भाई साहब, अपना ही घर समझिएगा, आते-जाते रहिएगा; आप ही लोग के दम पर इस गाँव में हम सीना तान के रहते हैं, किसी से भी छाती फुला के बोलते हैं कि हमारा भी आदमी टाटा में रहता है।'' सुनील जी भाई का ऐसा प्रेम देखकर गद्गद् हो गए। उन्होंने हाथ जोड़कर सभी का अभिवादन किया और जाने की इजाजत माँगी।

सुनील बाबू अभी चलने ही वाले थे कि दुकान के नौकर ने कहा- ''साहब! आपके भोजन का बिल।'' बिल शब्द सुनकर दोनों भाई अचंभित हो गए। प्रति व्यक्ति प्रति दिन सौ रुपये के हिसाब से दो व्यक्तियों के दस दिन का बिल था दो हजार रुपए। दोनों भाई एक दूसरे का मुँह देख रहे थे। यह होटल भी सुनील जी की जमीन पर चल रहा था। चचेरे भाई को होटल खोलने का सुझाव उन्होंने खुद दिया था। आज वही भाई खुराकी माँग रहा है। होटल में कई ग्राहक थे। वहाँ कुछ बोलना उन्होंने उचित नहीं समझा... चुपचाप दो हजार रुपये नौकर के हाथ में रखकर बाहर निकल गए।

छोटे भ्राता ने कहा- ''भैया, अब तो हमारे पास टाटा जाने के लिए भाड़ा तक नहीं है, क्या करेंगे? किससे उधार माँगेंगे?'' सुनील जी चचेरे भाई की एहसान फरामोशी से दुःखी थे। बोले- '' अब तो एक ही रास्ता है, अबू मियाँ के घर जाकर कुछ पैसे उधार माँगा जाए।''

अबू मियाँ सुनील जी के बचपन के मित्र थे। दरजी का काम करते थे। दोनों ने एक साथ मैट्रिक पास किया था। सुनील बाबू किस्मत के धनी थे। प्रथम प्रयास में ही नौकरी पा गए। बेचारे अबू मियाँ ने काफी प्रयत्न किया, परन्तु निराशा ही हाथ लगी। अंत में थक हारकर अपने पुश्तैनी व्यवसाय में लग गए। सुनिल जी जब भी गाँव आते, अपने चिरपरिचितों से एक बार

जरूर मिलते।

सुनील जी को देखते ही अबू मियाँ चहक उठे- ''लगता है जनाब अब जाने की तैयारी हो रही है। एक बात तो कहूँ मियाँ; तुम्हारी यही एक खूबी मुझे बड़ी अच्छी लगती है... दो दिनों के लिए भी आते हो तो अपने पुराने मित्रों से जरूर मिलते हो। लेकिन एक शिकायत तो है मियाँ; कभी भी इस गरीब के घर एक रात ठहरकार तुमने खिदमत का मौका आज तक नहीं दिया; बोलो, क्या मैंने कुछ गलत कहा क्या!''

''अबू भाई आपने एकदम सही कहा, लेकिन क्या करें गिन-चुनकर छुट्टियाँ मिलती हैं, उसी में सब काम करना पड़ता है।

''मैं जानता था तुम यही बात कहोगे; लेकिन तुम भी गलत नहीं हो, नौकरीपेशा लोगों को फुरसत ही कहाँ, जो अपने मन मुताबिक घूम फिर सकें।''

चाय नाश्ते के बाद फुरसत में सुनील जी ने अबू मियाँ को अपनी परेशानी बताई। सारी कहानी सुनकर अबू मियाँ की आँखों में पानी भर आया। बोले- ''मियाँ इतनी छोटी सी बात खोलने में तुमने इतनी देर कर दी; वह मित्र ही क्या जो मित्र के काम न आए, बोलो तुम्हें कितने रुपये चाहिए?''

''ज्यादा नहीं, सिर्फ पाँच सौ रुपया भाड़ा के लिए चाहिए, जिसे मैं वहाँ पहुँचते के साथ मनीआर्डर कर दूँगा।''

अबू मियाँ भरे गले से बोले- ''मित्र, भले ही मैं गरीब और गँवार ठहरा, पर इतना भी गरीब नहीं कि अपने मित्र की हजार-पाँच सौ से मदद नहीं कर सकूँ। ये लो हजार रुपये अपने पास रखो और हाँ, लौटाने के बारे में सोचना भी मत। इस गठरी में घर का पिसा हुआ मकई का आटा है; इस छोटी गठरी में बच्चों के लिए चना का भूँजा है।''

''अबू मियाँ बहुत ज्यादा हो गया है।'' ''कुछ भी ज्यादा नहीं है, चलो अब सामान बाँध देते हैं।''

सुनील जी ने अबू मियाँ को गले से लगा लिया। दुनिया की नजरों में

वे चचेरे भाई थे... अपने थे; लेकिन उन अपनों से ये पराए भले हैं। भले ही धर्म अलग है, जाति अलग है... लेकिन इंसानियत में अपनों से बहुत आगे हैं। इंसान की पहचान इंसानियत से होती है, धर्म से नहीं।

13

नक्सली

अब्दुल आज बहुत ही तनाव में था। बाजार में सरकारी गाड़ी से ऐलान हो रहा था। जिन लोगों ने सरकारी जमीन का अतिक्रमण कर दुकान लगाया है, उन्हें सरकार स्वेच्छा से दुकान हटाने के लिए तीन दिन का समय दे रही है। यदि निर्धारित समय के अन्दर दुकान नहीं हटाया, तो सरकार खुद अतिक्रमित दुकान तोड़ेगी और तोड़ने का खर्च भी वसूलेगी। सारे गरीब दुकानदार तनाव में थे। उन्हें समझ में नहीं आ रहा था कि इस समस्या से कैसे निजात पाया जाए।

बीस वर्षीय अब्दुल एक गरीब एवं अभागा दुकानदार था। अभागा इसलिए कि इस गरीबी में कभी दो पल के लिए उसे सुख-चैन नसीब नहीं था। बचपन से ही माँ-बाप के प्यार से वंचित था। जब चार साल का था तो माँ का देहांत हो गया... पाँच वर्ष का था तो पिता ने दूसरी शादी कर ली और बीवी को लेकर कहाँ चला गया आज तक पता नहीं चला। घर पर बूढ़ी दादी के सिवा और कोई नहीं था। उन्हें वह प्यार से दादी माँ कहकर बुलाया करता था। दादी माँ ने उसे माँ - बाप दोनों का प्यार दिया। दूसरों के घर में आया का काम करके दादी ने अब्दुल का पालन-पोषण किया। उमर बढ़ने के साथ दादी अक्सर बीमार रहने लगीं, फलस्वरूप अब्दुल ज्यादा पढ़ नहीं सका और इधर-उधर काम की तलाश में भटकने लगा।

कुछ दिन तक अब्दुल ने दर्जी का काम सीखा, परन्तु इस काम में

उसका मन नहीं लग रहा था। उसने कुछ पैसे जमाकर के उस पैसे से रूमाल और मोजे खरीदे और बाजार में घूम-घूमकर बेचना शुरू किया। कुछ पूँजी जमा होने पर उसने बाजार में एक जगह चटाई से घेरकर स्थाई रूप से रेडीमेड कपड़ों का दुकान लगाना शुरू किया। दुकान से अच्छी आमदनी हो जाती थी। कुछ पैसे जमा करके घर बसाने का इरादा था। बूढ़ी दादी की सेवा के लिए बहू भी लाना जरूरी थी। दुकान से जाने के बाद घर जाकर खाना बनाता। दादी को खिलाकर तब खाता, यही उसकी दिनचर्या थी। रात में सोने के पहले दादी के पैर दबाना नहीं भूलता था।

पहले तो फुटपाथी दुकानदारों ने इस चेतावनी को काफी हलके में लिया, क्योंकि ऐसी चेतावनी वे कई बार सुन चुके थे। ऐन वक्त पर कोई न कोई नेता सामने आ ही जाता और अतिक्रमण हटाओ अभियान अधूरा रह जाता। आज भी सारे दुकानदार एकजुट हो स्थानीय विधायक और सांसद का इंतजार कर रहे थे। फोन पर फोन लगाए जा रहे थे। किसी का फोन बंद था तो कोई 'नाट रिचेबल' बता रहा था।

दस बजते-बजते प्रशासनिक अधिकारी इकट्ठा होने लगे। साढ़े दस बजे दुकान तोड़ने वाला बुलडोजर भी आ धमका। अभी तक किसी नेता का अता-पता नहीं था। कुछ दुकानदार आनन-फानन मे सांसद आवास गए। वहाँ पता चला कि सांसद रात की गाड़ी से संसद कि कार्यवाही में भाग लेने दिल्ली निकल गए। विधायक जी को भी रात में ही मुख्यमंत्री ने किसी आवश्यक बैठक के लिए बुला लिया।

परन्तु वास्तविकता कुछ और ही थी। कोई भी नेता कोर्ट-कचहरी के झमेले में पड़ना नहीं चाहता था। हाईकोर्ट का स्पष्ट आदेश था कि किसी भी सूरत में अतिक्रमण हटाया जाय, सो सारे नेता पहले ही खिसक लिए।

दुकानदारों में बेचैनी बढ़ती ही जा रही थी। प्रशासन के प्रकोप से बचाने के लिए कोई तारणहार सामने नहीं आ रहा था। कोई रास्ता न देख दुकानदारों ने पुलिस के सामने गिड़गिड़ाना शुरू कर दिया, बाल-बच्चों की दुहाई देने लगे। कुछ ने अफसरों के पैर पकड़ लिए। कहने लगे ''सर, बाल-बच्चे भूखे मर जाएँगे और कोई रोजी-रोजगार है नहीं, बीस वर्षों से यहीं दुकान लगा रहे हैं, इस उमर में और कहाँ जाएँगे।'' परन्तु अफसरों के

सामने गिड़गिड़ाने से कोई फायदा नहीं हुआ।

कुछ दुकानदारों ने सामान हटा लिया था, उनका ज्यादा नुकसान नहीं हुआ। कुछ नेताओं के भरोसे थे... उनका दुकान भी टूटा, सामान का भी नुकसान हुआ। कुछ बुलडोजर के सामने लेट गए कि जान दे देंगे, पर दुकान पर बुलडोजर नहीं चलने देंगे। पर किसी की नहीं चली। लोग जबरन हटा दिए गए। प्रशासनिक अधिकारी हर हालत में कोर्ट का आदेश पूरा करने को दृढ़संकल्प थे। देखते ही देखते बाजार एक खंडहर में तब्दील हो गया। जिनके कागज पत्तर सही थे, उनका केवल अनधिकृत रूप से बनाया गया विस्तार ही तोड़ा गया।

अब्दुल भी नेताओं के भरोसे था, फलतः दुकान भी गयी और सामान का भी नुकसान हुआ। दुकान में बीस हजार के रेडीमेड कपड़े थे। बुलडोजर के चक्कों ने सबकुछ तहस-नहस कर दिया। अब वह पछता रहा था। काश! वह पहले ही सारे कपड़े हटा लिया होता। नेताओं के चक्कर में दुकान की सारी पूँजी डूब गयी।

अब्दुल मायूस होकर घर पर बैठा था। दादी अम्मी ढाँढ़स बँधा रही थीं - ''बेटा, मन को छोटा मत कर, अल्लाह जो करता है सब अच्छा ही करता है; कोई और काम   धंधे के बारे में सोच, क्या पता वहाँ इससे भी ज्यादा बरक्कत् मिले।''

कहाँ बेचारा शादी-ब्याह के सपने देख रहा था और कहाँ से यह बेराजगारी रूपी पत्नी गले पड़ गई। उसकी समझ में नहीं आ रहा था कि क्या करे। कहीं भी नई जगह में दुकान लगाता है तो प्रशासन अतिक्रमण के नाम पर उजाड़ के रख देगा। सरकार का काम तो बेघर को घर देना है, लोगों को सुरक्षा प्रदान करना है; ये कैसी सरकार है जो बसे हुए को उजाड़ रही है, थाली में रखे हुए निवाले को छिन रही है। ऐसी हुकूमत का तो रहना नहीं रहना बराबर है।

अपनी शादी के लिए उसने बड़े जतन से कुछ पैसे जमा करके रखे थे, परन्तु अब उसने ठान लिया कि अब वह शादी नहीं करेगा, बल्कि अब उन पैसों से सऊदी जाएगा; दो-चार वर्षों तक कमाने के बाद यहाँ पर अपनी

खुद की दुकान खरीद लेगा। परन्तु इसके लिए दादी अम्मी को मनाना होगा। वह उसे अपने से कभी दूर नहीं जाने देगी।

रात को खाना खाने के बाद वह दादी-अम्मी के पैर दबाते हुए बड़ी हिम्मत करके बोला- ''दादी माँ, मैं पैसे कमाने सऊदी जाऊँगा; मैंने यहाँ पर एक एजेंट से बात कर लिया है, उसने कई लड़कों को यहाँ से भेजा हैं। यहाँ पर कोई काम-धाम तो मिलने से रहा, जो थोड़े बहुत पैसे जमा हैं वे भी खाने-पीने में खर्च हो जाएँगे।''

दादी सुनते ही रोने लगी। बोली- ''बेटा, यहाँ पर मुझ बूढ़ी को कौन देखेगा। कबर में पाँव लटके हैं, तुझे जो करना है यहीं कर, कम से कम आँखों के सामने तो रहेगा।''

अब्दुल ने बड़े प्यार से दादी को समझाया- ''दादी अम्मी, आप इतना घबराती क्यूँ हो? मैं वहाँ अकेला तो नहीं हूँ, इस शहर के और भी लड़के वहाँ काम कर रहे हैं... फिर दो ही साल की तो बात है, पैसे कमा के वापस आऊँगा तब तो आपके लिए सुंदर सी बहू लाऊँगा जो आपकी खूब सेवा करेगी; अभी मुझ बेरोजगार को कौन अपनी लड़की देगा।''

दादी कुछ नहीं बोली। जानती थी कि लड़का जिद्दी है, मानने वाला नहीं है; फिर यहाँ निठुला घूमेगा और गलत सोहबत में पड़ गया तो और बुरा होगा। अच्छा है कि बाहर जाकर कुछ पैसे कमा ले, जिन्दगी सुधर जाएगी। रही बात उसकी तो वह किसी तरह कष्ट उठाकर दो बरस गुजार लेगी। अगल-बगल के पड़ोसी अच्छे हैं। सुख-दुःख में काम आते हैं। फिर आज के जमाने में बिना कमाए शादी-ब्याह भी होना मुश्किल है।

दादी अम्मी ने बुझे मन से कहा- ''जब तेरा दिल हो ही गया है तो जा मैं रोकूँगी नहीं, लेकिन अपना खयाल रखना; वहाँ के कानून कड़े हैं, अपनी हद में रहना।''

अब्दुल के मुहल्ले में ही एक एजेंट रहता था। उसने कई लड़कों को, खाड़ी के देशों में पैसे लेकर काम पर भेजा था। सभी अच्छा पैसा कमाकर लौटे थे। कई अभी भी काम कर रहे थे। अब्दुल ने उस व्यक्ति को पचास हजार रुपये दिये। ये रुपये उसकी आखिरी पूँजी थे, जो उसने शादी के लिए

बचाकर रखे थे।

रुपये मिल जाने के बाद उस व्यक्ति ने अब्दुल को पाइप लाइन में मरम्मत करने का प्रशिक्षण दिलवाया, तत्पश्चात कानूनी कागजात् पूरा करके उसे कुवैत में एक कंपनी में भेज दिया।

अब्दुल मन लगाकर काम करने लगा। उसके काम से सभी खुश थे। कंपनी परिसर में ही सस्ते में खाना मिल जाता था। दिन का भोजन वह कारखाने की कैंटिन में करता और रात का भोजन भी पैक कराकर घर ले जाता। इस तरह दो वक्त का भोजन सस्ते में हो जाता था। कभी-कभार आदमी कम रहने पर ओवर टाइम जॉब मिल जाता था। इस काम के दुगुने पैसे मिलते थे। काम में वह इतना मशगूल था कि छह महीने कैसे बीत गए पता ही नहीं चला। दो-चार दिन के अंतराल पर दादी अम्मी से बात करना नहीं भूलता था।

एक दिन फैक्ट्री में काम खत्म करने के बाद सारे वर्कर खाने के लिए कैंटिन कि तरफ जाने के लिए तैयार हो रहे थे, तभी सुपरवाईजार ने सारे व्यक्तियों को बुलाया और एक-एक लिफाफा हाथ में धरा दिया। लिफाफा में एक टाइप किया हुआ कागज था, जिस पर लिखा कि कंपनी अपना कारोबार समेट कर इस देश से जा रही है, जिसकी जो भी देनदारी बनती है उसे दो दिन के अन्दर दे दिया जाएगा, साथ ही जाने का किराया भी कंपनी की तरफ से दिया जाएगा। सारे कामगार अवाक हो एक दूसरे का मुँह देख रहे थे। अब्दुल ने उस दिन खाना नहीं खाया। रातभर अपने भविष्य के बारे में ही सोचता रह गया।

एक सप्ताह के बाद अब्दुल अपने वतन में था। न मुनाफा न घाटा। जितना पैसा पहले उसके पास था, उतना अभी भी था। दादी उसे हिम्मत बँधा रही थी- ''दिल छोटा मत कर, अल्लाह जो भी करता है इंसान के भले के लिए करता है; तू यहीं रहकर कोई दूसरा काम धंधा देख। आँखों के सामने रहेगा तो मेरे दिल को भी सकून रहेगा।'' अब्दुल ने डबडबाई आँखों से दादी को देखा और घर से बाहर निकल गया।

बाजार का अब भी वही हाल था। छोटे-छोटे दुकानदार जहाँ कहीं

दुकान लगाने की कोशिश करते, पुलिस आकर सामान तहस-नहस कर देती। भूखों मरने की नौबत आ गई थी।

अब्दुल ने दादी की सलाह पर किराए का एक हाथ ठेला लिया और उस पर पका केला गोदाम से लाकर फेरी लगाकर बेचना शुरू किया। काफी मेहनत का काम था। रात को सोने पर होश नहीं रहता था। दादी से देखा नहीं जाता था। जब अब्दुल गहरी नींद में होता, दादी चुपचाप उठकर उस अभागे पोते का पैर दबा दिया करती थी।

एक दिन बारिश के चलते केलों कि बिक्री नहीं हुई। केले ज्यादा पककर खराब हो रहे थे। अगर यही हाल रहा तो मूल भी वापस नहीं मिलेगा। घाटे की आशंका से वह बेचैन हो उठा। थोड़ा बारिश कम होने पर पुलिस की नजर बचाकर वह ठेला बाजार के बाहर एक जगह आड़ में खड़ा कर और ग्राहकों को आवाज देने लगा।

अब्दुल के आवाज लगाने पर ग्राहक तो नहीं आए, अलबत्ता पुलिस की पेट्रोलिंग गाड़ी अवश्य पहुँच गई। थानेदार गाड़ी से उतरकर अब्दुल की तरफ गन्दी-गन्दी गालियाँ देता हुआ आगे बढ़ा, ''बाप की जमीन समझ के रखा है का! जब चाहे जहाँ चाहे दुकान लगा लिया। हवलदार ने अब्दुल का ठेला हाथ से पलट दिया। सारे केले जमीन पर बिखर गए। ड्राइवर ने पुलिस वैन, जमीन पर बिखरे केलों पर चढ़ा दिया। सारे केले पलभर में मिट्टी में मिल गए। अब्दुल हाथ जोड़कर गिड़गिड़ाता रहा। रहम करने के बजाय एक पुलिसवाले ने ऐसा डंडा उसके पैर में मारा कि उससे दर्द बर्दाश्त नहीं हुआ और वह चक्कर खाकर गिर पड़ा।

होश आने पर उसने अपने आपको सरकारी अस्पताल में भरती पाया। उसके घुटने की हड्डी टूट गई थी। पुलिस तो अपने फर्ज कि इतिश्री करके चली गई। बेचारे अब्दुल को उसके साथियों ने सरकारी अस्पताल पहुँचाकर अपना फर्ज अदा किया, जो नाम के लिए सरकारी था; जहाँ पर हर चीज के लिए पैसे वसूले जाते थे।

दादी अम्मी पर तो मुसीबतों का पहाड़ा टूट पड़ा। बेचारी बूढ़ी, घर से अस्पताल एक किए हुए थी। डाक्टरों का कहना था कि हड्डी जुड़ने में

महींनों लग जाएँगे। घर में रखे पैसे धीरे-धीरे खतम होने लगे। घर का एक ही कमाने वाला... वह भी अपाहित और लाचार! ''अल्लाह उस पुलिसवाले का कभी भला नहीं करेगा, जिसने उसके मासूम बच्चे को इतनी बेरहमी से पीटा।''

अब्दुल के बगल के बेड में एक नौजवान भरती था। वह मलेरिया से पीड़ित था। वह शहर से दूर आदिवासी इलाके से ताल्लुक रखता था। वह व्यक्ति बहुत ही रहस्यमय लगता था। उससे मुलाकात करने कोई नहीं आता था। वह हमेशा मोबाइल फोन में ही व्यस्त रहता था। उसकी भाषा जनजातीय थी, जो समझ से परे थी। अब्दुल की कहानी सुनकर उसे बहुत अफसोस हुआ। वह हमेशा समाज में क्रांति एवं विद्रोह की बात करता था। उसके अनुसार यदि समाज में बराबरी लाना है तो एक क्रांति अवश्य होनी चाहिए, अन्यथा गरीबों का हक कभी नहीं मिलेगा।

वह अब्दुल से कहता ''तुम्हें क्या मिला इस समाज से? तुम्हें क्या मिला इस समाज से? तुम्हें सरकार ने रोजगार नहीं दिया; तुमने मेहनत-मजदूरी करना चाहा तो पुलिस की लाठियाँ मिलीं। आज तुम अपाहिज हो। तुम्हे अपाहिज किसने बनाया? उसी पुलिस ने, जो समाज का रखवाला है। आज तक कोई नेता तुम्हें देखने आया। किसी ने पूछा कि तुम्हारे घर आज चूल्हा जला कि नहीं! '' अब्दुल उससे बहुत प्रभावित हुआ। उसकी बातों में सच्चाई थी।

उस नौजवान ने अस्पताल से छुट्टी के पहले एक फोन नम्बर अब्दुल को दिया। कहा कि जब भी पैसों की जरूरत पड़े, मुझे फोन करना; यदि तुम हमारी संस्था से जुड़कर काम करोगे तो हमें बहुत खुशी होगी... हमारी संस्था तुम्हें नियमित वेतन भी देगी, तुम्हारे परिवार की पूरी जिम्मेवारी वहन करेगी। जब हमारी टीम से जुड़ोगे तो काम के बारे में भी बता दिया जाएगा। हमारी टीम मे समाज से सताए हुए तुम्हारे जैसे बहुत से नौजवान मिल जाएँगे।

अब्दुल के लिए वह युवक एक पहेली जैसी था। वह उसके बारे में जितना सोचता, उतना ही उलझता चला जा रहा था। बहरहाल अब उसके बारे में उसने सोचना ही छोड़ दिया था। उसने कई बार फुटपाथ पर कुछ

बेचना चाहा, पर सफलता नहीं मिली। पुलिस के डर से फिर हाथ ठेला लगाने की हिम्मत नहीं जुटा पा रहा था। पुलिस की मार से उसका एक पैर अभी भी जख्मी हालत में था। वो अभी भी लँगड़ाकर चलता था।

घर में संचित जमा-पूँजी सब खत्म हो चुकी थी। अब तो भूखों मरने की नौबत आ चुकी थी। उसे अपने से ज्यादा दादा अम्मी की चिन्ता थी। दादी को गठियावात था। वह कैसे उनके लिए दवा खरीदेगा, इसी चिन्ता में वह घुला जा रहा था।

अब अब्दुल के लिए एक ही रास्ता बचा था... या तो वह भूख से मरे या फिर उस नौजवान से मदद ले, जिससे वह सरकारी अस्पताल में मिला था। उसने मन में ठान लिया कि उस युवक से जरूर मिलेगा।

अब्दुल अब जीवन भर के लिए लँगड़ा हो चुका था। डाक्टरों ने जवाब दे दिया था। जिस थानेदान ने उसे पीटकर लँगड़ा बनाया था, उसका चेहरा चौबीस घंटा आँखों के सामने घुमता रहता था। प्रतिशोध की अग्नि अंदर ही अंदर जल रही थी।

अब्दुल, फोन से सम्पर्क कर बताए पते पर उस युवक से मिला। वह युवक एक नक्सली था। उसने उसे संगठन से जुड़े लोगों से मिलवाया; संगठन की स्थापना एवं उसके उद्देश्य के बारे में बताया। अब्दुल चूँकि लँगड़ा था, इसलिए उसे संगठन के प्रचार-प्रसार का जिम्मा दिया गया। गाँव-गाँव जाकर नक्सली साहित्य बाँटने को कहा गया। इस काम के बदले उसे हरेक महीना पाँच हजार रुपये देने की बात कही गई।

अब्दुल ने दादी को नहीं बताया कि वो एक नक्सली बन चुका है। अगर बताता तो शायद दादी उसे घर में घुसने नहीं देती। उसने सिर्फ इतना ही बताया कि वह एक समाजसेवी संगठन के लिए काम करता है, जिसके लिए उसे कुछ पैसे मिल जाते हैं। एक वर्ष के बाद अब्दुल ने दादी की पसंद से एक गरीब लड़की से निकाह कर लिया। दादी को भी बुढ़ापे में एक सहारा मिल गया।

अब्दुल महीना में एक बार घर आता, बाकी के दिन वह दूर-दराज के गाँवों में संगठन का काम करता। एक दिन पैरों में बहुत जोर का दर्द उठा।

वह रो पड़ा। उसे रोते देख साथी कामरेड ने कहा यूँ बुजदिलों कि तरह रोओ मत; जिस पुलिस वाले ने तुम्हारा पैर तोड़ा है, तुम उसके दोनों पैरों को तोड़ डालो, तभी तुम्हारे मन को शांति मिलेगी।

उस थानेदार की जासूसी की गई। तीन महीने बाद उसे पकड़ने में सफलता मिली, जब वह छुट्टी लेकर अपने गाँव जा रहा था। उसे कार समेत उठा लिया गया। बाद में कार और चालक को छोड़ दिया गया।

आज वह थानेदार रस्सियों में बँधा बेबस पड़ा हुआ था। अपने प्राणों की भीख माँग रहा था। अब्दुल उसे देखते ही भूखे शेर की तरह उस पर टूट पड़ा। राइफल के कुंदे से उसके दोनों घुटने में लगातार वार किए जा रहा था, जब तक कि दोनों घुटने नाकाम नहीं हो गए। अब्दुल चिल्ला राह था-''एक दिन मैं भी तेरे सामने ऐसे ही गिड़गिड़ा रहा था, रहम कि भीख माँग रहा था; लेकिन नहीं, तू तो मुझे अपाहिज बनाने पर तुला हुआ था। मुझे अपाहिज बना के ही दम लिया। बता मेरा क्या कसूर था? मेरा कसूर सिर्फ यही था कि मैं एक गरीब बेबस और लाचार था, मैं मेहनत मजदूरी करना चाहता था, लेकिन तुमने मुझे नक्सली बनने पर मजबूर कर दिया... मैं चाहूँ तो अभी तेरी जान ले सकता हूँ, पर नहीं यह हमारे उसूलों के खिलाफ है; अब तू भी मेरी तरह सारी जिन्दगी अपाहिज रहेगा।'' उस दिन अब्दुल बहुत दिन बाद गहरी नींद में सोया। थानेदार से बदला लेने के बाद उसका मन हल्का हो गया था।

धीरे-धीरे अब्दुल का प्रभाव आदिवासी क्षेत्रों में बढ़ने लगा। सरकारी अफसरों से लेवी वसूल कर वह गरीबों में बाँट दिया करता था। आजादी के पैंसठ वर्ष बाद भी गाँवों की स्थिति दयनीय थी। न स्कूल, न अस्पताल, न शुद्ध पानी। ये तीन चीजें गाँववालों को प्रशासन से दूर नक्सलियों के समीप ले जा रही थीं।

नक्सली संगठन भी कई गुटों में विभाजित हो चुका था। कुछ हिंसा में विश्वास रखते थे, कुछ केवल प्रशासन पर दबाव डालकर गरीबों का हित कर रहे थे। अब्दुल ने अपने ग्रुप के नौजवानों को साफ हिदायत दे रखी थी कि किसी भी पुलिसकर्मी पर गोली न चलाया जाए... पुलिस से दूर रहकर ही गरीबों की सेवा की जाय इसी में सब का भला है। पुलिस में भरती होने

वाले बच्चे गरीब घरों से ही होते हैं... किसी नेता, किसी करोड़पति का बेटा कभी पुलिस या सेना में भर्ती नहीं होता; इस लिहाज से एक सिपाही भी हमारा ही भाई है, भले ही रास्ते अलग हों। भाई पर वार करने अच्छा है कि भाई से दूर रहकर अपना काम करो।

संगठन के उसूल काफी कड़े थे। प्रत्येक कार्यकर्ता नियम-कानून से बँधा हुआ था। मनमानी करने की इजाजत किसी को भी नहीं थी। दंड काफी कठोर था और सबके लिए समान था। अगर कोई कार्यकर्ता पुलिस के हत्थे चढ़ जाता था तो संगठन के लोग कई टोलियों में विभाजित होकर लगातार पता-ठिकाना बदलते रहते थे। बड़े-बड़े नेता कुछ समय के लिए भूमिगत हो जाते थे।

कभी-कभी अब्दुल अखबारों में पढ़ता कि अमुक राज्य में नक्सलियों ने पुलिस वाहन को बम से उड़ा दिया। कई पुलिसकर्मी शहीद हो गए। इस तरह के समाचार पढ़कर अब्दुल काफी दुःखी हो जाता था। कभी-कभी कामरेडों से उसकी इस विषय पर काफी बहस हो जाती थी। वह कामरेडों से अक्सर सवाल करता कि पुलिस तो हमारे ही गरीब भाई हैं, उनको मारकर तो हम देशद्रोही ही कहलाएँगे... फिर उन आतंकवादियों में और हममें फर्क क्या रह जाएगा, जो रहते हैं इसी देश में, खाते हैं इसी देश में... जिस देश कि थाली में खाते हैं उसी में छेद करते हैं; हमें तो इस तरह के कृत्यों से दूर रहना चाहिए।

सारे कामरेड अब्दुल कि बातें बड़े ध्यान से सुनते, लेकिन संतोषजनक जवाब उसे कभी नहीं मिलता। उसे कहा जाता कि वह अपने काम से काम रखे, ज्यादा सोचने से दिमाग का संतुलन बिगड़ जाएगा। जो पुलिस बल को उड़ाते हैं, उनकी कुछ मजबूरियाँ रही होंगी, हमे उससे क्या मतलब; हमें अपने क्षेत्र में ध्यान देना है। हाँ तुम्हें कुछ पैसे कम पड़ रहें हैं तो बोलो, तनख्वाह में दो चार सौ बढ़ा देंगे। और सभी ठठाकर हँस पड़ते।

अपने सवालों का इस तरह मजाक उड़ते देख अब्दुल को काफी कोफ्त होती थी। अब वह इस भागदौड़ की जिन्दगी से तंग आ चुका था। कभी-कभी मन में आता कि चुपचाप जाकर पुलिस के सामने आत्मसमर्पण कर दे, लेकिन फिर पुलिस की बेवजह पिटाई और गन्दी-गन्दी गालियाँ

याद आने पर उसकी हिम्मत पस्त हो जाती थी। उसे इस बात का सकून था कि भले ही वह प्रशासन की निगाहों में अपराधी था, लेकिन यहाँ गरीबों के दुःख-दर्द में शामिल तो होता था।

इस साल भयंकर सूखा पड़ा था। किसान परेशान थे। कई गरीब किसान आत्महत्या कर चुके थे। सरकारी मदद केवल कागज पत्तर में दिख रही थी। नक्सलियों ने लेवी की राशि बड़ा दी। किसानों को रुपये-पैसों से मदद करने लगे। नौजवानों को पैसे देकर दूसरे राज्यों में मजदूरी करने भेज दिया। गरीब आदिवासी, नक्सलियों को अपना भगवान मानने लगे।

सरकार नक्सलियों के दमन के लिए अभियान चला रही थी। बगल के राज्य में नक्सलियों एवं पुलिस के बीच में खूनी संघर्ष हुआ था। दोनों पक्षों को काफी नुकसान हुआ था। यह अभियान उसी का प्रतिफल था। सारे नक्सली भूमिगत हो चुके थे। अब्दुल एक पैर से लँगड़ा था, अतः उसे भागने और छिपने में काफी दिक्कत हो रही थी। आखिर एक दिन उसे भागते हुए पुलिस ने देख ही लिया। बचने का कोई रास्ता नहीं था, उसने हाथ उठाकर आत्मसमर्पण कर दिया। उसके हाथ में कोई हथियार नहीं था। सिर्फ नक्सली साहित्य था। पुलिस चाहती तो आराम से उसे पकड़ सकती थी, परन्तु पुलिस ने ऐसा नहीं किया।

एक सिपाही ने पुलिस उपाधीक्षक से कहा- ''सर, यही है वह लँगड़ा अब्दुला नक्सली, जिसने थानेदार की टाँग तोड़ी थी। पुलिस उपाधीक्षक ने कहा - ''देख क्या रहे हो, तोड़ दो उसकी दूसरी टाँग भी।''

अपने कप्तान का आदेश मिलते ही सिपाही भूखे भेड़िये कि तरह अब्दुल पर टूट पड़ा। अब्दुल चीख रहा था और सिपाही ताबड़तोड़ राइफल के कुंदे से उसके पैरों पर प्रहार कर रहा था। पुलिस की मार से लँगड़ा बना अब्दुल, आज उसी पुलिस की मार से पूरी तरह अपाहिज बन चुका था।

अब्दुल को पहले सरकारी अस्पताल में भर्ती किया गया। पुलिस कस्टडी में महीनों उसका इलाज चला। एक तो नक्सली, ऊपर से गरीब; भला कौन उसकी परवाह करता। बूढ़ी दादी यह सदमा बर्दाश्त नहीं कर सकी और एक दिन इस दुनिया से रुखसत हो गई। पत्नी ने भी साथ छोड़

दिया। वह हमेशा के लिए मायके चली गई। एक नक्सली की बीवी बनकर रहना उसके लिए गुनाह था। अब अब्दुल इस संसार में एकदम ही अकेला था।

अब्दुल को व्हील चेयर में बिठाकर कोर्ट में लाया जाता था। महीनों तक सुनवाई चली। एक दिन फैसले की घड़ी भी आ गई।

सरकारी वकील की तरफ से उस पर कई संगीन आरोप लगाए गए। अब्दुल पर खतरनाक हथियार रखने, हत्या, डकैती एवं सरकारी मुलाजिम को पीटने सहित कई अपराध साबित किए गए। यद्यपि कई अपराधों में उसकी संलिप्तता नहीं के बराबर थी। वह लँगड़ा था, शारीरिक रूप से कई तरह के अपराध वह कर भी नहीं सकता था, फिर भी उसे दोषी ठहराया गया।

जज ने कहा- ''सबूतों के आधार पर तुम्हें दोषी ठहराया जाता है, अपने बचाव में तुम्हें जो कहना है कह सकते हो।''

अब्दुल जानता था कि सजा तो उसे होके रहेगी, यद्यपि बहुत से अपराध तो उसने किए ही नहीं थे। सरकार के पास कितनी ताकत होती है उसे आज पता चला। पुलिस झूठ को सच कैसे साबित करती है, उसे अब मालूम हो रहा है।

अब्दुल ने बहुत ही दुखी मन से कहा- ''जज साहब, आज मैं व्हील चेयर पर बैठा हूँ; मुझे अंदर से बहुत ही इच्छा हो रही है कि मैं भी गवाहों के बक्से में जाकर औरों की तरह खड़ा होकर अपने बचाव में कुछ बोलूँ, लेकिन मैं चाहकर भी ऐसा नहीं कर सकता क्योंकि मैं एक अपाहिज हूँ। लेकिन मुझे अपाहिज किसने बनाया? आपकी पुलिस ने। मैं चल नहीं सकता, भाग नहीं सकता। लँगड़ा था, फिर भी हत्या करके मैं कोसों भागकर छिप गया, यह आपकी पुलिस ने साबित किया।''

कोर्ट में इस कदर सन्नाटा था कि एक सुई भी गिरती तो आवाज जरूर आती।

अब्दुल ने अपना बयान जारी रखा। ''जज साहब! आज से बारह वर्ष

पहले मैं भी दो पैरों पर चला करता था। दो पैसे कमाने के लिए मैंने क्या नहीं किया... कपड़े बेचे, फल बेचे, फुटपाथ में दुकान लगाया। लेकिन आपकी बेरहम पुलिस ने अपनी गाड़ी से मेरे हाथ ठेले को उलट दिया। सारे फलों को गाड़ी के चक्के से रौंद डाला। मैं रोता रहा गिड़गिड़ाता रहा, लेकिन उन्होंने एक न सुनी। उलटे मुझे इतना मारा कि एक पैर से लँगड़ा हो गया। जज साहब मैं विकलांग हो गया, काम की तलाश में भटकने लगा। भला एक लँगड़े को कौन काम देता?

जज साहब, जिस समय मैं पुलिस की मार से बेहोश होकर अस्पताल में भर्ती था, उस वक्त एक नक्सली भी उसी अस्पताल में अपना इलाज करा रहा था; वह भी मेरी तरह व्यवस्था का सताया हुआ व्यक्ति था। उसने मुझसे कहा- ‘‘जीवन में जब सर्वत्र अँधेरा ही नजर आए, आत्महत्या के सिवा कोई रास्ता नजर नहीं आए तो हमें याद कर लेना, हमारे दरवाजे तुम्हारे लिए हमेशा खुले रहेंगे।’’

जब मुझे कहीं काम नहीं मिला और भूखों मरने की नौबत आ गई, तब मैंने उस आदमी से सम्पर्क किया। उस व्यक्ति ने मुझे सहारा दिया, मुझे काम दिया और इस तरह मैं नक्सली बन गया। जज साहब, आप ही बताइए मुझे नक्सली किसने बनाया? आज मैं भरी अदालत में चीख-चीख कर बोल रहा हूँ कि मुझे ये कहने में जरा भी संकोच नहीं है कि मुझे नक्सली आपकी पुलिस ने बनाया है।

‘‘जज साहब, जिस समय मैं नक्सली बना, उस समय एक पैर से लँगड़ा था; पुलिस की मार से एक पैर नाकाम हो चुका था। कई बार मन में आया कि आत्मसमर्पण करके मैं भी सुकून कि जिन्दगी जिऊँ, पर पुलिस कि दरिंदगी देखकर हिम्मत नहीं जुटा पाया।’’

‘‘जज साहब, जिस समय मैं पुलिस से घिर गया था... मैंने दोनों हाथ उठाकर आत्मसमर्पण कर दिया था... इसके बाद भी पुलिस ने मुझे इतना मारा कि मैं लँगड़ा से अपाहिज बन गया। आज मैं दोनों पैरों से लाचार हूँ, व्हील चेयर पर बैठा हूँ... बोलिए जज साहब, इसका जिम्मेवार कौन है? मैंने मेहनत-मजदूरी करके जीना चाहा, मुझे जीने नहीं दिया गया। आपकी पुलिस ने मुझे नक्सली बनने पर मजबूर किया। जज साहब यदि कहीं रत्ती

भर भी मेरा दोष है, तो बेशक मुझे फाँसी पर चढ़ा दीजिए, मुझे मंजूर है।''

माननीय जज बड़े ध्यान से इस नक्सली की बातों को सुन रहे थे। एक मेहनत-मजदूरी करने वाले इंसान को बेरोजगार किसने किया? सिर्फ बेरोजगार ही नहीं, इसे अपाहिज किसने बनाया? फिर नक्सली बनने को किसने मजबूर किया? ये तमाम बातें जज साहब के जेहन में घूम रही थीं। वे बड़े ही धर्मसंकट में थे कि इसे क्या सजा दी जाय। यदि यह सजा का अधिकारी है, तो प्रशासन भी उतना ही दोषी है... उसे कौन सजा देगा?

14

मध्याह्न भोजन

सरकारी स्कूलों को मध्याह्न भोजन योजना से जोड़ा जा रहा था। सभी विद्यालयों में सरकारी फरमान आ चुका था। किसी भी विद्यालय में बच्चों की उपस्थिति यदि नब्बे प्रतिशत से कम होती है तो प्रधानाध्यापक साहब बख़्शे नहीं जाएँगे। यदि प्रधानाध्यापक पर गाज गिरती है तो वे क्या अध्यापकों में मिठाइयाँ बाँटेंगे! सो सारे अध्यापक भी जी तोड़ कोशिश कर रहे थे कि उनकी कक्षाओं में उपस्थिति सबसे ज्यादा रहे।

सुखदेव महतो एक माध्यमिक विद्यालय में हेडमास्टर हैं। मेहनती एवं ईमानदार हैं। दिन-रात इसी प्रयास में रहते हैं कि उनके विद्यालय में छात्रों की उपस्थिति बाकी सारे विद्यालयों से ज्यादा हो। सुखदेव बाबू जिस विद्यालय में हेडमास्टर हैं, वह विद्यालय जनजातीय क्षेत्र में पड़ता है। यह विद्यालय शहर से काफी दूर आदिवासी बाहुल्य क्षेत्र में पड़ता है। विद्यालय से शहर तक दस किलोमीटर कच्ची-पक्की सड़क है, जो जर्जर हो चुकी है। कहने को तो सड़क चार वर्ष पहले ही बनी है, लेकिन देखने से ऐसा प्रतीत होता है जैसे चार हजार वर्ष पुरानी कोई सड़क खुदाई में निकली है। यातायात का साधन सिर्फ बाइसिकल और बैलगाड़ी है। यदि कोई गंभीर रूप से बीमार पड़ जाए तो उसका भगवान ही मालिक है।

सुखदेव बाबू एक पुरानी मोटरसाइकिल रखे हैं, उसी से शहर से विद्यालय तक आना-जाना करते हैं। दिल में हमेशा एक डर समाया रहता

है, कि रास्ते में कहीं गाड़ी खराब न हो जाए, वरना गाड़ी ठेलकर शहर तक लाना पड़ेगा, जो एक अच्छे हट्टे-कट्टे आदमी की भी मिट्टी पलीद कर दे।

सुखदेव बाबू सिर्फ नाम के हेडमास्टर थे। उनकी आर्थिक स्थिति भी बहुत ज्यादा अच्छी नहीं थी। आठ माह से वेतन रुका हुआ था। सरकार के पास फंड की कमी थी। जो पैसे सरकार ने शिक्षा-विभाग को दिए, उस पैसे को सरकारी बाबुओं ने दूसरे मद में खर्च कर दिए। अब कहा जा रहा है कि दूसरा फंड आने पर वेतन के पैसे दिए जाएँगे। समाज में सबसे ज्यादा कमजोर यही शिक्षक वर्ग ही तो है... जब चाहे वेतन रोक दो, जब चाहे चुनाव या जनगणना के कार्य में लगा दो, कोई उफ कोई आह नहीं। सरकार की क्या मजाल कि आई.ए.एस. अफसरों के वेतन रोक दे। कभी आपने सुना कि फलाने अफसर का वेतन रुका हुआ है? नहीं; यह लगभग असंभव है, क्योंकि उनका समूह काफी मजबूत है, बवाल हो जाएगा।

पेट भरने के लिए पैस तो चाहिए। भूखे पेट तो भजन भी नहीं होगा। सो सुखदेव बाबू ने शहर में एक कोचिंग क्लास ज्वाइन कर लिया था। स्कूल से जाने के बाद तीन घंटे एक कोचिंग संस्थान में बच्चों को पढ़ाया करते थे। छोटा परिवार था, किसी तरह गुजारा हो जाता था।

स्कूल के आसपास जो गाँव थे, वे अधिकांश निर्धन आदिवासियों के थे, जो धान की खेती करते थे। कुछ दूसरे राज्यों में जाकर ईंट के भट्ठों में काम करते थे। पानी के लिए कुएँ और तालाब थे। प्रत्येक गाँव में दो सरकारी चापाकल थे, जो गरमी का मौसम आने के पहले ही बिना पानी के हो जाते थे। प्रत्येक गाँव में कुछ दो-चार ही ऐसे परिवार थे जो आर्थिक रूप में थोड़ा सम्पन्न थे।

आदिवासियों एवं निर्धन परिवार के बच्चों में पढ़ाई के प्रति जागरूकता लाने के लिए सरकार ने मध्याह्न भोजन योजना शुरू किया। यह एक बहुत ही महत्वाकांक्षी योजना थी। इस योजना ने भारतवर्ष में शिक्षा के क्षेत्र में एक क्रांति ला दिया। अब निर्धन परिवार के बच्चे भी स्कूल जाने लगे। जो गरीब परिवार मुश्किल से एक वक्त की रोटी जुटा पाते थे, उनके सर से आधा बोझ उतर चुका था। निर्धन माता-पिता अपने बच्चों को स्कूल के भरोसे छोड़कर काम के लिए निकल जाते थे। बच्चे भी खुश थे कि पढ़ाई

के साथ-साथ भोजन भी मिल रहा है।

प्रधान अध्यापक सुखदेव बाबू एक सहृदय व्यक्ति थे। अपने छात्र जीवन में ही उन्होंने तय कर लिया था कि वे अपना सारा जीवन शिक्षा के प्रति समर्पित कर देंगे। पढ़ाई पूरी करने के बाद उन्होंने अपने कैरियर की शुरूआत एक स्कूल मास्टर के रूप में की। आज उसी स्कूल में वह हेडमास्टर हैं, जिस स्कूल के नाम से शिक्षक भागते हैं, तरह-तरह कि पैरवी करवाते हैं ट्रांसफर के लिए। सुखदेव बाबू ने प्रण लिया कि वे आजीवन उसी विद्यालय में पढ़ाएँगे, चाहे जितनी भी तकलीफें झेलनी पड़ें। यदा-कदा वे अतिनिर्धन बच्चों को अपनी तरफ से मदद भी कर दिया करते थे। गाँव वाले उन्हें देवता-तुल्य सम्मान देते थे।

यूँ तो उस विद्यालय में पढ़ने वाले सभी बच्चे निर्धन वर्ग के थे, परन्तु तीन अभागे बच्चे ऐसे भी थे जो माँ-बाप रहते हुए भी अनाथ थे; जिनके पास धन के नाम पर सिर्फ एक टूटी-फूटी झोपड़ी थी। स्कूल सिर्फ इसलिए आते थे कि उन्हें दोपहर का भोजन सरकार की तरफ से मिल जाता था। सुबह पानी पीकर स्कूल चले आते थे, संध्या के समय पास-पड़ोस के लोग कभी-कभार बचा-खुचा खाना दे देते थे।

सबसे बड़ा बच्चा पातर, बारह वर्ष का था, उससे छोटी बहन पार्वती दस वर्ष की थी, छोटा भाई सुगना आठ वर्ष का था। चार-पाँच वर्ष पहले ये बच्चे अपने माता-पिता के साथ रहते थे। बच्चों का पिता सोमाय, ठेकेदारी में काम करता था। राज मिस्त्री था। बारहों महीना काम मिल जाता था। माता भी एक जगह ठेकेदारी में रेजा का काम करती थी। दोनों पति-पत्नी अभावों में भी खुश-खुशी घर परिवार चला रहे थे, परन्तु कुछ ऐसी घटनाएँ हुईं कि पूरा परिवार ही बिखर गया। बच्चे दाने-दाने को मोहताज हो गए।

सोमाय, ठेकेदारी में राज मिस्त्री का काम करता था। उसके हाथ काफी सधे हुए थे। उसके जैसा मिस्त्री उस इलाके में कहीं नहीं था... यही कारण था कि उसे बारहों महीना काम मिलता था। जहाँ बाकी मजदूर काम की तलाश में इधर-उधर भटका करते थे, वहीं एक सोमाय भी था जिसे काम के लिए कभी किसी के सामने हाथ नहीं फैलाना पड़ा... लोग खुद ही उसका पता ठिकाना पूछते हुए घर आ जाते थे, हाथ में एडवांस रख देते थे,

खुशामद करते थे। लोग जानते थे कि जिस बारिकी से सोमाय घर की फिनीशिंग करता है, वह चतुराई दूसरे किसी मिस्त्री के पास नहीं है। एक काम खत्म होने के साथ ही सोमाय के हाथ में दूसरा काम आ जाता था।

सोमाय भी इस बात को भली-भाँति समझता था कि उसे आज जो भी मान-सम्मान मिल रहा है, वह उसके काम कि वजह से मिल रहा है; उसका चेहरा देखकर उसे कोई काम नहीं दे रहा है... अतः काम में किसी प्रकार की कोई ढिलाई नहीं करता था। भले ही काम में कुछ लेट हो जाय कोई बात नहीं, लेकिन काम में कोई दोष निकाल दे, यह उसे गवारा नहीं था।

सोमाय कभी किसी को इंकार नहीं करता था। वह इस बात को अच्छी तरह से जानता था कि इस शहर में भी बँगलादेशी कारीगर आ चुके हैं; उनके हाथों का भी हुनर सोमाय से कम नहीं था। लेकिन शहर में नए होने के कारण कोई उन पर विश्वास नहीं करता था। भले ही काम देर से शुरू होए, पर काम के मामले में उनकी पहली पसंद सोमाय ही था। अगर आज सोमाय इंकार करता है, तो लोग उसे घमंडी समझेंगे और बँगलादेशी कारीगरों से काम करवाएँगे। एक बार बँगलादेशी कारीगर स्थापित हो गए तो उन्हें कोई यहाँ से हटा नहीं पाएगा और सोमाय को काम मिलना बंद हो जाएगा... इसलिए व्यवहार में मधुरता और काम में इमानदारी को बरकरार रखना उसके लिए बहुत ही जरूरी था।

एक विधवा आदिवासी महिला को काम की अत्यंत आवश्यकता थी। सोमाय के साथ मसाला बनाने वाली रेजा बीमार पड़ गयी थी, सो ठेकेदार ने उस महिला को सोमाय के साथ काम कर रख दिया।

महिला विधवा थी। बाल-बच्चे नहीं थे। घर में सिर्फ एक बूढ़ी सास थी। काम पर आते समय दो वक्त का भोजन सास के लिए बनाकर आती थी, सो उसे घर जाने कि जल्दी नहीं होती थी जैसा कि आमतौर पर काम-काजी महिलाओं में होता है। सोमाय को ऐसे ही हेल्पर की आवश्यकता थी।

महिला का नाम सुकुनी था। एक साथ काम करते-करते सोमाय एवं सुकुनी में अच्छा तालमेल हो गया था। दोपहर का भोजन दोनों अपने घर से लेकर आते थे। जहाँ काम होता था, वहीं किसी पेड़ के नीचे एक साथ

बैठकर भोजन करते थे। दोनों अपने भोजन का आदान-प्रदान एक दूसरे से करते थे। भोजन करते समय दोनों के बीच प्रेमभाव देखकर लगता था मानों दोनों पति-पत्नी हैं।

कभी-कभी काम खत्म करते-करते अँधेरा हो जाता था, तब सोमाय अपनी बाइसिकल में सुकुनी को बिठाकर उसके गाँव तक छोड़कर आता था। लोग दोनों के बारे में तरह-तरह की बातें करते ताना मारते... पर सोमाय ने इस बातों पर कभी ध्यान नहीं दिया। सुकुनी को भी एक सहारा और सुरक्षा की जरूरत थी, जो उसे सोमाय से मिल रहा था।

धीरे-धीरे समय बीत रहा था। सोमाय और सुकुनी में प्रगाढ़ता भी उसी अनुपात में बढ़ रहा था। तब दोनों एक-दूसरे के बिना रह नहीं पाते थे। सोमाय की पत्नी को जब तक मालूम पड़ता, बहुत देर हो चुकी थी। उसने कई बार पीछा भी किया। रंगे हाथों दोनों को हँसी मजाक करते हुए पकड़ा भी, पर सब व्यर्थ। सोमाय दो टूक जवाब देता- ''तुम्हें किसी चीज की कमी हो तो बोलो, ये फालतू का जासूसी मत किया करो। इससे कुछ मिलने-जुलने वाला नहीं है।'' बेचारी पत्नी रो-गाकर रह जाती।

कुछ दिनों के बाद सोमाय ने घर आना छोड़ दिया। अब वह सुकुनी के ही घर में रहने लगा। सालभर तक उसने बाल-बच्चों के खाने-पीने का खर्चा दिया। फिर वह भी देना बंद कर दिया। सुनने में आया कि दोनों ने किसी मंदिर में जाकर शादी रचा लिया।

अब दोनों खुलेआम पति-पत्नी कि तरह रहते थे। सोमाय कि पत्नी लुगनी एकदम अकेली हो गई। पति-पत्नी दोनों की कमाई से किसी तरह घर चलता था। अब तो भूखों मरने की नौबत आ गई। कंपनी में ठेकेदार का ठेका खत्म हो गया। उसने सारे मजदूरों को काम से बिठा दिया। लुगनी के पास जो थोड़े बहुत पैसे थे, जिसको उसने मुसीबत के दिनों के लिए बचाकर रखे थे वे पैसे भी खत्म हो गए। तीन बच्चों का पेट पालना उसके लिए पहाड़ की तरह हो गया।

शहर में होती तो किसी सेठ-मारवाड़ी के घर झाड़ू-पोछा करके बच्चों को पेट पाल लेती... लेकिन यहाँ गरीब आदिवासी समुदाय में सब कमाने

खाने वाले थे, कोई भी परिवार इतना सम्पन्न नहीं था कि इस गरीब महिला का बोझ उठा सके।

अब इस संकट से झगड़ू महतो ही उबार सकता था। झगड़ू महतो ठेकेदारों का दलाल था। वह जरूरतमंदों को ईंट भट्टे में काम करने के लिए झारखंड से बाहर के प्रदेशों में काम करने के लिए भेजता था। वह एक बदनाम व्यक्ति था। उसका चरित्र भी ठीक नहीं था। लुगनी उससे बात करना भी पसंद नहीं करती थी, लेकिन जब भूखमरी कि नौबत आ गई तो उसे मजबूरी में उसके पास जाना पड़ा।

झगड़ू तो पहले टालमटोल करता रहा कि फिलहाल उसके पास कोई काम नहीं है, लेकिन लुगनी के काफी गिड़गिड़ाने पर उसने वहाँ से हटकर कहीं फोन पर बात किया। लुगनी के कानों में कुछ-कुछ आवाज आ रही थी।

‘‘हाँ, देखने में कैसी है?’’

‘‘देखने में ठीक-ठाक है।’’

‘‘बुढ़िया है कि जवान है?’’

‘‘बुढ़िया भी नहीं है, जवान भी नहीं है; तीन छोटे-छोटे बच्चे हैं... बड़ा बारह साल का है। सबसे छोटा आठ साल का है।’’

‘‘देख भाई, अपन बाल-बच्चा लोग का जिम्मा नहीं लेता है। ये बिहार नहीं है जहाँ ईंट-भट्टा के चारों तरफ मजदूर लोग झोंपड़ी बनाकर बस जाता है। बाल-बच्चा, परिवार ये सब बिहार में चलेगा, यहाँ नहीं। यहाँ पर काम करना है तो खाली अपना बदन लेकर आना पड़ेगा।

‘‘अरे भाई बात तो समझो, ये बच्चा सब कहाँ रहेगा?’’

‘‘ये तुम्हारा प्राब्लम है... अगर बच्चा छोड़ के आने सकता है तो ठीक है, नहीं तो इहाँ काम नहीं है।’’

‘‘अरे भाई पलटू, ये औरत तो अपने तनख्वाह से बच्चों का पेट पालेगी, इसमें तुम्हारा क्या जाता है?’’

''जाता है भाई बहुत कुछ जाता है। अगर इन बच्चों को कुछ बिमारी-सिमारी हुआ या कहीं चोट-चपाट लगा तो नेता लोग ठेकेदार को पकड़ता है और इलाज का पूरा पैसा माँगता है... नहीं देने पर लेबर डिपार्टमेंट जाने का धमकी देता है। तुमको तो मालूम है कि यहाँ कहीं भी एक नम्बर का काम नहीं होता, इसलिए ये सब लफड़ा में अपन लोग को पड़ने का नहीं।''

''ठीक है जैसा तुम्हारा मर्जी, हम पार्टी से बात करके तुमको खबर करेगा।''

''ऐ लुगनी! अरे तुम्हारे लायक कहीं कोई काम नहीं है।''

''देख झगड़ू तुमको तो मालूम है कि हम केतना इमानदारी से काम करते हैं; आज तक जहाँ भी काम किए हैं, कभी किसी ठेकेदार को शिकायत का मौका नहीं दिए है, कहीं और जगह बात करो।''

झगड़ू बोला- ''देख लुगनी, काम तो एक जगह है, लेकिन शर्त ये है कि तुमको बाल-बच्चा को यहीं छोड़कर जाना होगा; अगर ये तुमसे संभव है तो बोलो हम बात करेंगे।''

लुगनी बड़े ही असमंजस में फँस गई। बोली- ''अच्छा, हम सोचकर बोलते हैं।''

रात को खाने के लिए कुछ भी नहीं था। छोटा बेटा सुगना, भात के लिए रो रहा था। इधर लुगनी अपने भाग्य पर रो रही थी। किस सखी-सहेली को वह अपना दर्द बताए। आखिर उसका घर एक औरत ने ही उजाड़ा था। बच्चे का रोना उससे देखा नहीं जा रहा था। बच्चे को शांत करने के लिए कुछ देना जरूरी था।

लुगनी को याद आया, राममुर्मू का बागीचा इस समय खाली होगा। वह दबे पाँव बागीचे में गई और सहजन के कुछ पत्ते तोड़ लाई। उन पत्तों को उसने पानी में उबाला और नमक छींटकर बच्चों को खाने को दिया। बच्चे भी समझ गए कि आज रात इससे ज्यादा कुछ नहीं मिलेगा। चुपचाप खा के पानी पी लिया और सो गए। दुनिया गहरी निद्रा में सो रही थी, लेकिन लुगनी चिन्ता में डूबी सोच रही थी। - ''आज का रात तो कट गया,

कल क्या होगा।''

दूसरे दिन भी लुगनी को कोई काम नहीं मिला। कई ठेकेदारों के यहाँ चक्कर लगाया। सबने टका सा जवाब दे दिया। सबका एक ही जवाब था- ''अरे लुगनी, आजकल छँटनी चल रहा है; कंपनी बोलता है कि थोड़ा आदमी में ज्यादा काम करना है... जो ठेकेदार जितना कम आदमी में टेंडर भरता है, उसी को ठेका मिलता है, इसलिए अभी काम मिलना बहुत मुश्किल है।''

बड़ा लड़का पातर थोड़ा समझदार था। बोला- ''माँ, आज भी काम नहीं मिला क्या? रहने दो, चिन्ता मत करो, स्कूल में बारह बजे जो खिचड़ी मिला था, उसमें से थोड़ा बचाकर लाया हूँ, लो खा लो, रात में पानी पीकर सो जाएँगे, कल से हम स्कूल नहीं जाएँगे, हम भी शहर जाकर अपना लायक कोई काम खोजेंगे।''

''ना बेटा ना, गुरूजी बोले हैं न कि पढ़ाई नहीं छोड़ने का, मैं अभी हूँ ना, कहीं ना कहीं कोई काम जरूरे मिलेगा।''

''माँ, तुम तो रोजे दिनभर धूप में घूमती रहती हो कहाँ, कोई काम मिल रहा है?''

''बेटा हिम्मत नहीं हारना चाहिए... काम तो हमको झारखंड से बाहर मिलिए रहा है; ईटा भट्टी का काम है, झगड़ू से बात हुआ है... लेकिन शर्त ये है कि तुम सबको यहाँ छोड़ के जाना पड़ेगा, इसीलिए हम ना बोल दिए हैं।''

पातर बहुत ही समझदार बच्चा था। वह पढ़ने-लिखने में भी बहुत तेज था। गणित के सवाल वह चुटकियों में हल करता था। आदिवासी समाज में इस तरह के तेज बच्चे बहुत ही कम मिलते हैं। मास्टर साहब उसे बहुत मानते थे। पिछले महीने की ही बात है; स्कूल के वार्षिक समारोह में जिला शिक्षा पदाधिकारी आए हुए थे। पातर अपनी कक्षा में हमेशा प्रथम आया करता था। हेडमास्टर साहब ने पुरस्कार वितरण के पहले पातर की प्रशंसा करते हुए कहा था कि इस गरीब होनहार बच्चे को यदि सरकार से मदद मिले तो यह काफी आगे जा सकता है।

जिला शिक्षा पदाधिकारी, पातर का रिपोर्ट कार्ड देखकर काफी प्रभावित हुए। उन्होंने पातर की पीठ ठोंकते हुए कहा- ''यह बच्चा अपने जीवन में बहुत ही ऊँचाई तक जाएगा, अपने माता-पिता का नाम रोशन करेगा।''

भीड़ मे सबसे पीछे खड़ी लुगनी अपने आँसू पोंछ रही थी। मन ही मन बुदबुदा रही थी- ''ई साहब को क्या पता कि ये बच्चा अब बिना बाप के हो गया है; सबेरे से सिर्फ सहजन की पत्ती का साग और पानी पीकर एक पैर पर खड़ा है... अपना दुःखड़ा वह किस-किस को सुनाए।''

लुगनी जानती थी कि हेडमास्टर साहब समाजसेवी और दिल के भले आदमी हैं, जरूर कोई न कोई रास्ता निकालेंगे।

लुगनी की सारी बातें ध्यान से सुनने के बाद मास्टर साहब ने कहा- ''देख लुगनी, मैं तुम्हें जाने की सलाह कभी नहीं दूँगा। तेरे ऊपर एक नहीं तीन-तीन बच्चों कि जिम्मेवारी है... बेहतर है कि तू यहीं पर कोई काम धंधा खोज।''

लुगनी रुआँसी होकर बोली- ''मास्टर साहब, काम-धंधा मिलता तो आपके पास सलाह लेने क्यों आती।''

''तू ही बता मैं तेरी क्या मदद कर सकता हूँ!''

''मास्टर साहब आप तो जानते ही हैं कि घर में एक फूटी कौड़ी भी नहीं है; कभी चूल्हा जलता है कभी नहीं, उपासे सोना पड़ता है। आप खाली बच्चा लोग का थोड़ा ध्यान रखते तो हम दो-चार महीना बाहर जाकर ईंटा भट्टी में कमाकर आते।''

''हम इतना कर सकते है कि तेरे बच्चों को दो वक्त का भोजन स्कूल की तरफ से मिल जाए। स्कूल में दोपहर में जो खिचड़ी मिलेगी, मैं रसोइया को कह दूँगा की तेरे बच्चों को उसमें से कुछ ज्यादा मात्रा में खिचड़ी दे दे, ताकि वे रात्रि के भोजन में खा सकें।''

''बस मास्टर साहब, इससे ज्यादा और कुछ नहीं चाहिए; जैसे ही यहाँ ठेकेदारी   में जगह खाली होगा, हम वहाँ से काम छोड़कर आ

जाएँगे।''

दो-चार दिनों के बाद झगड़ू ने लुगनी को पड़ोसी राज्य के एक ठेकेदार का पता देकर उसे बस में बिठा दिया... कहा कि ठेकेदार के आदमी अगर फुर्सत में होंगे तो खुद उसे लेने आ जाएँगे।

लुगनी को गए महीना बीत गए। सप्ताह में एक बार लुगनी मास्टरजी को किसी के मोबाइल फोन से बात कर बच्चों का हाल-चाल पूछ लेती। मास्टरजी की कृपा से स्कूल की तरफ से बच्चों को दो वक्त का भोजन मिल जाता था। बच्चे भी समझदार थे... पिता का विश्वासघात और माता का जीवन के प्रति संघर्ष अपनी आँखों से देख रहे थे। जीने के लिए मनुष्य को कितना संघर्ष करना पड़ता है, यह अपनी आँखों से प्रत्यक्ष देख रहे थे।

सब कुछ सामान्य चल रहा था। अचानक कुछ ऐसी घटनाएँ हुईं कि मास्टर जी विचलित हो गए। उन्हें चिन्ता अपनी नहीं बल्कि स्कूल के निर्धन बच्चों की थी, जो मध्याह्न भोजन के बहाने स्कूल आ जाते थे, कुछ पढ़ भी लेते थे। अगर दोपहर का भोजन नहीं मिलेगा तो अधिकांश बच्चे स्कूल आना छोड़ देंगे और इससे उनकी पढ़ाई पर असर पड़ेगा।

स्कूलों में बच्चों की संख्या के हिसाब से खाद्य-सामग्री का वितरण होता था। किसी सरकारी कर्मचारी और ठेकेदार ने मिलकर एक बड़ा घोटाला किया; मध्याह्न भोजन कि सामग्री खुले बाजार में बेच दी गई। किसी को कानो-कान खबर नहीं हुई। भेद तो तब खुला, जब समय से पहले ही सारा अनाज खत्म हो गया। शिक्षा विभाग ने हाथ खड़ा कर दिया, क्योंकि तीन महीने का अनाज, भंडार में दिया जा चुका था। अब नया अनाज तीन महीने के बाद ही आएगा। प्रशासन ने जाँच के आदेश दे दिए।

मध्याह्न भोजन बंद होने से अधिकांश बच्चों ने स्कूल आना छोड़ दिया था। लेकिन मास्टरजी कि सबसे बड़ी परेशानी ये तीन निर्धन बच्चे थे। इनके जीवन की गाड़ी मध्याह्न भोजन के सहारे ही आगे बढ़ रही थी। अब इन मासूम बच्चों को कौन दो वक्त कि रोटी देगा, यह चिन्ता उन्हें खाए जा रही थी।

लुगनी को गए पाँच महीने होने जा रहे थे। एक महीने से उसका भी

कुछ समाचार नहीं मिल रहा था। जिस नम्बर से फोन आ रहा था, वह भी स्विच ऑफ बता रहा था। मास्टर साहब अपने घर से कुछ ज्यादा रोटियाँ टिफिन में लेकर आ रहे थे, जिसे इन बच्चों में बाँट दिया करते थे। लेकिन इस तरह से कब तक चलेगा, यह वह खुद नहीं जानते थे।

मास्टर साहब ने लुगनी के बारे में झगड़ू महतो से कई बार पूछताछ किया, लेकिन झगड़ू ने साफ कह दिया उसे लुगनी के बारे में कुछ भी मालूम नहीं है... उसका काम सिर्फ लेबर सप्लाई करना है। कई लेबर ज्यादा पैसों के लिए दूसरी जगह काम पकड़ लेते हैं। लुगनी के ठेकेदार ने भी लुगनी के बारे में यही कहा कि वह बिना बोले वेतन उठाने के बाद किसी दूसरे ठेकेदार की चिमनी में चली गई है।

मास्टर साहब को समझ में नहीं आ रहा था कि वो करें तो क्या करें। बच्चे बार-बार माँ के बारे में पूछ रहे थे। वे बच्चों को भरे गले से दिलासा देते थे कि उनकी माँ जल्दी आ जाएगी; लेकिन मास्टरजी को न जाने क्यों ऐसा लगता था कि लुगनी अब कभी नहीं आएगी, उसके साथ जरूर कुछ हुआ है।

अगर दो-चार घंटे की यात्रा होती तो मास्टरजी खुद ही जाकर पता लगा आते, लेकिन यहाँ तो चार-पाँच दिन की बात थी। अंत में मास्टरजी ने गाँव के ही एक बेरोजगार युवक के हाथ में कुछ पैसे देकर लुगनी का पता लगाने भेजा। कहा- ''देखो बेटा, यदि लुगनी का पता न चले तो स्थानीय थाने में रिपोर्ट जरूर दर्ज करा देना; आजकल का जमाना ठीक नहीं है, अकेले बेसहारा स्त्री के साथ कोई भी कुछ गलत कर सकता है।''

बेचारे युवक ने अपने स्तर पर काफी खोजबीन किया, लेकिन लुगनी का कहीं पता न चला। जिस चिमनी पर झगड़ू ने काम के लिए भेजा था, वहाँ के मालिक ने बताया कि चार महीने तक का वेतन उठाने के बाद लुगनी किसी परीचित के साथ किसी और की चिमनी में चली गई। चिमनी में ईंटा बनाने से लेकर ईंटा पकाने तक का काम काफी मेहनत का है। ये काम झारखंडी आदिवासी काफी इमानदारी से करते हैं, लिहाजा थोड़े अधिक पैसों का लालच देकर ठेकेदार लोग मजदूरों को अपनी चिमनी में खींचने की कोशिश करते हैं।

कई चिमनियों में घूमने के बाद युवक को पता चला कि लुगनी यहाँ भी नहीं है। किसी ने बताया कि लुगनी किसी व्यक्ति के साथ वापस झारखंड चली गई है। झारखंड में कही पर कोयल का अवैध खनन होता है, वहाँ पर और सब जगह से दुगुनी मजदूरी मिलती है। युवक खाली हाथ वापस लौट आया।

अब लुगनी का पता लगाना और भी मुश्किल हो गया। मास्टर साहब ने गाँव के कुछ लोगों से लुगनी के बारे में पूछा कि अब क्या करना चाहिए। गाँव के लोगों ने कई चौंकाने वाली बात बताई। उन्होंने कहा कि धनबाद और उसके आस-पास के कई इलाकों में कोयले का अवैध खनन होता है। ये कोयला माफिया काफी दबंग होते है; जो उनके चंगुल में एक बार फँस जाता है, उसका निकलना काफी मुश्किल है। पुलिस प्रशासन सबमें इनकी साँठ-गाँठ है। ये माफिया मजदूर को बंधक बना लेते हैं। इन मजदूरों कि रिहाई तभी होती है जब प्रशासन के दबाव में पुलिस का छापा पड़ता है। प्रशासन तब हरकत मे आता है जब किसी अखबार में अवैध खनन के बारे में छपता है।

लुगनी के एक दूर के रिश्तेदार ने लुगनी के बारे में समीप के थाने में लुगनी के गुम होने का रिपोर्ट दर्ज करा दिया। बच्चे बार-बार मास्टरजी से पूछते, "बोलिए ना मास्टरजी माँ कब तक आएगी?" मास्टरजी जवाब देते, "तुम लोग काहे चिन्ता करते हो हम हैं न, कोई भी चीज की जरूरत हो हमसे बोलो... मैया काम करने गई है, बहुत सारे पैसे कमा कर लाएगी।"

पैसे का नाम सुनते ही बच्चों के चेहरे पर चमक आ जाती। पार्वती, सुगमा से बोलती, "माँ तुम्हारे लिए बहुत सारे खिलौने भी लाएगी, तुम पातर को मत देना, तुम्हारी खिचड़ी चुराकर खा जाता है।" सुगना एकटक पार्वती कि तरफ देखता रहा, फिर रुआँसा होकर बोला, "मुझे खिलौने नहीं चाहिए, मुझे सिर्फ माँ चाहिए।"

गाँव के कुछ लोगों ने बच्चों के बाप सोमान को खबर भिजवाया कि लुगनी के आने तक वह कम से कम इन बच्चों का खर्चा तो उठाए, परन्तु सोमाय अपनी नई दुनिया में मस्त था... उसने टका सा जवाब दे दिया।

मध्याह्न भोजन चालू कराने के लिए मास्टरजी दफ्तरों के चक्कर लगा रहे थे। कुछ काम नहीं हो पा रहा था। अति परिश्रम और हरारत से मास्टरजी की तबियत खराब हो गई। चार दिन से मास्टरजी स्कूल नहीं आ पा रहे थे, बिस्तर पर पड़ गए थे। मास्टरजी को अपने से ज्यादा चिन्ता इन तीन बेसहारा बच्चों की थी, जो सिर्फ मध्याह्न भोजन पर आश्रित थे।

तीनों बच्चों की हालत दयनीय हो गई थी। पास-पड़ोस के लोग भी गरीब ही थे। कोई भी इतना समर्थ नहीं था कि तीन बच्चों का खर्च वहन कर सके। किसी के रसोई में खाने के बाद कुछ बचता था तो पातर को बुलाकर दे देते थे। पातर और पार्वती दोनों भाई बहन काफी समझदार थे। पहले छोटे भाई सुगना को खिलाते थे। सुगना के खाने के बाद कुछ बचता था तो दोनों भाई-बहन दो-चार ग्रास मुँह में डाल लेते थे।

तीनो भाई-बहन भोजन के अभाव मे काफी कमजोर हो चुके थे। सबसे ज्यादा पातर की हालत खराब थी। रह-रहकर आँखों के सामने अँधेरा छा जाता था। उधर मास्टरजी का भी कुछ पता नहीं चल रहा था। शहर में मास्टरजी का घर कहाँ पर है, यह उसे पता नहीं था। पता होता तो वह भाई-बहन के साथ वहीं चले जाता।

बुखार के कारण मास्टरजी काफी कमजोर हो चुके थे। डाक्टर ने बिस्तर से उठने को मना किया था। उन्हें दिन-रात बच्चों कि चिन्ता खाए जा रही थी। मध्याह्न भोजन चालू हो जाता तो आधी चिन्ता खत्म हो जाती।

एक दिन तीनों बच्चे एक साथ झगड़ू महतो के यहाँ पहुँच गए। पातर बड़े ही कातर स्वर में बोला, ''चाचा बताओ न, माँ कहाँ गई है, हम सब भी वहाँ चले जाएँगे, अब भूख बर्दाश्त नहीं होता।''

झगड़ू बड़े ही रूखे स्वर में बोला, ''अबे मैंने क्या तुम्हारे माँ का ठेका ले रखा है; मास्टरजी थक हारकर बैठ गए तो तुम लोग मुँह उठाए चले आ रहे हो, भागो यहाँ से। भूख लगी है तो जाओ शहर मे जाकर भीख माँगो, रोज-रोज कहाँ से कोई तुम्हारे लिए खाना लाएगा।'' झगड़ू की घरवाली हल्ला-गुल्ला सुनकर बाहर निकली, - बोली ''अब दुआरी पर आ गए हो तो लो ये बासी भात, पानी के साथ खा लेना।''

बिना माँ-बाप के तीनों बच्चे इसी तरह भिखारियों की तरह दिन काट रहे थे... कभी पानी पी लेते कभी कोई कुछ दे देता तो खा लेते।

मँगरू उसी गाँव का युवक था। उसके बगीचे में कटहल फला था। एक कटहल पक गया था, पर काफी उपर था। उसे चढ़ना नहीं आता था। उसने पातर से कहा, ''देख पातर, हम तुमको आधा कटहल देंगे, यदि तू वह कटहल तोड़ देगा।'' पातर की माँ आज घर पर होती तो पातर कभी हाँ नहीं कहता, लेकिन आज भूख ने पातर को मजबूर कर दिया पेड़ पर चढ़ने के लिए।

पार्वती बोली, ''भाई पेड़ पर मत चढ़ो, हम आज भी पानी पी लेंगे।'' पातर बोला, ''पगली, काहे डरती है, तू खाली यहाँ बैठ के देखती रह, देख मैं यूँ चढ़ा और यूँ उतरा।''

पातर पेड़ पर चढ़ तो गया... उसने कटहल भी तोड़ लिया, लेकिन भारी कटहल लेकर नीचे उतरे तो कैसे उतरे। पका कटहल ऊपर से गिराता तो बिखर जाता खाने लायक नहीं रह जाता। एक हाथ से कटहल पकड़कर उतरने में बहुत जोखिम था। पातर ने जोखिम उठाया और कटहल लेकर धीरे-धीरे नीचे उतरने लगा।

दोनों छोटे भाई-बहन साँस थामे देख रहे थे कि कैसे पेट की आग बुझाने के लिए पातर संघर्ष कर रहा था। काफी सावधानी से पातर नीचे उतर रहा था, परन्तु होनी को कुछ और ही मंजूर था। एक जगह पैर असंतुलित हो गया और कमजोर पातर, कटहल के साथ नीचे आ गिरा। पातर को गिरता देख मँगरू के होश उड़ गए। कटहल उठा के वह भाग खड़ा हुआ।

पातर को सर में चोट लगी थी। वह बेहोश पड़ा था। पार्वती ने छोटे भाई सुगना को वहाँ बिठा दिया और रोते-रोते झगड़ू के यहाँ जाकर सारी बात बता दी। पार्वती रो-रोकर बोले जा रही थी, ''झगड़ू अंकल, भाई को बचा लीजिए।''

झगड़ू इस झमेले में पड़ना नहीं चाहता था, परन्तु वह मास्टरजी से डरता भी था, क्योंकि मास्टरजी को वह अक्सर बीडीओ, एसडीओ एवं थानेदार साहब से बातें करते देखता था। उधर पत्नी भी घर के अन्दर से

फटकार लगा रही थी, ''अरे कुछ धरम-करम बचा है कि नहीं... अनाथ लड़का बेहोश पड़ा है और तुम हो कि अभी सोचिए रहे हो।''

झगड़ू मन ही मन सोच रहा था कि इस झमेला से बचने का सबसे अच्छा रास्ता है कि इसे किसी तरह सरकारी अस्पताल में भर्ती करा दिया जाय... सो उसने गाँव के ही एक लड़के की मदद से पातर को शहर के सरकारी अस्पताल में भर्ती करा दिया। पार्वती और मासूम सुगना को उसकी तीमारदारी के लिए बेड के पास बिठाकर चलता बना।

दो सप्ताह बीमार रहने के बाद मास्टरजी की तबीयत में धीरे-धीरे सुधार होने लगा। विद्यालय ज्वाइन करने के बाद उन्हें पातर के बारे में पता चला। मास्टरजी चिन्तित हो उठे। उन्होंने तुरंत जिला शिक्षा पदाधिकारी को फोन पर पातर के बारे में जानकारी दी। जिला शिक्षा पदाधिकारी ने उन्हें हर संभव मदद का आश्वासन दिया। मास्टरजी ने अपने एक सहायक को स्कूल की जिम्मेवारी दी और निकल पड़े पातर को देखने के लिए।

पातर बेहोश पड़ा था। डाक्टरों ने कहा, ''मरीज कोमा में चला गया है, अब इसे भगवान ही बचा सकता है।'' मास्टर जी की समझ में नहीं आ रहा था कि क्या करें। उनकी अन्तरात्मा से आवाज आई, ''अब तुम ही इसके माँई-बाप हो, जो करना है जल्दी करो, कहीं ऐसा न हो कि बहुत देर हो जाय।''

डाक्टर सिन्हा शहर के बड़े ही ख्याति प्राप्त न्यूरो सर्जन हैं। उनके आवास पर ही मरीजों की इतनी भीड़ होती है कि किसी अस्पताल में जाकर रोगी को देखना उनके लिए मुमकिन नहीं था। मास्टरजी के बड़े अनुरोध पर उन्होंने पातर को देखना स्वीकार कर लिया।

डाक्टर सिन्हा ने पातर के सर का एमआइआई करवाया। रिपोर्ट में अन्दरूनी चोट निकला। डाक्टर साहब ने उसे किसी बड़े अस्पताल में भर्ती करने को कहा, जहाँ पर ऑपरेशन की सुविधा हो। यह भी बताया कि आपरेशन में लाखों का खर्चा है, इलाज में देर होने से पातर के जीवन को खतरा हो सकता है।

मास्टर साहब ने प्रशासन से मदद की गुहार लगाई। प्रशासन ने कहा,

''पैसे तो मिल जाएँगे, पर इसकी भी प्रक्रिया है; कम से कम एक महीना तो लग ही जाएगा।'' मास्टर साहब ने मन ही मन कहा, ''हे भगवान यह कैसी विधि व्यवस्था है... यहाँ मरीज के लिए एक-एक क्षण कीमती है, परन्तु प्रशासन को प्रक्रिया की पड़ी है।''

पातर की हालत ज्यों की त्यों थी। पैसों के इंतजार में बहुमूल्य समय बीता जा रहा था। आधी रात थी... बारिश हो रही थी। मास्टर साहब पातर के बेड के पास ही बैठे हुए थे। बाहर आवारा कुत्ते रो रहे थे। मास्टर साहब पातर के चेहरे को एकटक देख रहे थे। उन्हें जिला शिक्षापदाधिकारी की बातें स्मरण हो आईं, जब उन्होंने पुरस्कार वितरण समारोह में कहा था, ''यह बच्चा एक दिन बड़ा आदमी बनेगा, माता-पिता का नाम रोशन करेगा।''

मास्टर साहब का हृदय व्यथित हो गया। माता का तो अब तक पता न चला, पता नहीं बेचारी कहाँ होगी किस हाल में होगी। पिता को खबर मिलने पर भी अभी तक झाँकने तक नहीं आया, दूसरी औरत के मोह जाल में मान-मर्यादा लोक-लाज सब भुला दिया... ऐसा कमीना बाप ईश्वर संसार में किसी को न दे।

अगर पातर किसी पैसे वाले माँ-बाप का बेटा होता तो आज वह सरकारी मदद का मोहताज न होता; पातर का इलाज भी किसी आलीशान भवन वाले अस्पताल में हो रहा होता, परिजनों की भीड़ लगी होती। थोड़ी-थोड़ी देर में डॉक्टरों का आना-जाना लगा रहता। अच्छे वैद्य-हकीम में भेंट होने से मनुष्य की आधी बीमारी तो स्वतः ही ठीक हो जाती है।

गरीब आदमी बहुत अभागा होता है; या दूसरे शब्दों में कहे तो गरीबी मनुष्य को अभागा और लाचार बना देती है। इस गरीबी में बड़े गुण हैं। इसके आते ही मनुष्य के भाई, बन्धु, मित्र भी सामने पड़ने पर रास्ता बदल लेते हैं कि अगला कुछ माँग न ले। सचमुच में गरीबी, मनुष्य के पूर्वजन्म के सबसे भयंकर अपराधों का दंड है... ईश्वर द्वारा दिया गया एक महाअभिशाप है। इससे बड़ा संसार में दूसरा कोई भी दंड नहीं है।

विद्यालय से छुट्टी होते ही मास्टर जी सीधे पातर के पास अस्पताल

पहुँच जाते थे। पातर वैसे ही मरणसन्न अवस्था में पड़ा था। मास्टरजी, पातर का चेहरा गौर से देख रहे थे। ऐसा लगता था जैसे पातर कह रहा हो, ''मास्टरजी मेरी चिन्ता छोड़िए, मेरे पीछे आपका भी स्वास्थ्य खराब हो रहा है, आप थोड़ा अपना भी ख्याल रखिए। आप इस सड़ी-गली व्यवस्था से नहीं लड़ सकते; इलाज के लिए पैसे एक महीना के बाद ही मिलेंगे, चाहे दुनिया इधर से उधर हो जाय।''

पातर की हालत बिगड़ती ही जा रही थी। मास्टरजी पागलों की तरह उपायुक्त कार्यालय का चक्कर लगा रहे थे। हर बार एक ही जवाब मिलता, ''अभी फंड नहीं आया है।'' पातर का चेहरा पीला पड़ता जा रहा था। ऐसा लग रहा था जैसे पातर कह रहा हो, ''मास्टरजी, मेरी चिन्ता छोड़िए, मैं तो चला।'' मास्टरजी मन ही मन बड़बड़ा रहे थे, ''बड़े साहब ने ठीक ही कहा था कि पातर एक दिन बड़ा आदमी बनेगा, बहुत ऊँचा उठेगा... सच में तू तो बहुत ऊँचा उठ रहा है; इतना ऊँचा कि वहाँ तक जीवित मनुष्य नहीं जा सकता।'' और मास्टरजी फूट-फूटकर रो पड़े।

''नहीं, मै तुझे मरने नहीं दूँगा, चाहे मुझे अपनी जमीन ही क्यों न बेचनी पड़े। मैं अपनी जमीन गिरवी रखकर तेरा इलाज कराऊँगा।'' मास्टरजी एक दृढ़निश्चय के साथ उठे और चल पड़े घर की तरफ।

15

वेलौर में कुछ दिन

अभी कुछ दिन पहले मेरे एक परिवार के सदस्य के इलाज के सिलसिले में मुझे वेलौर जाना पड़ा। यह मेरी पहली दक्षिण अहिन्दी भाषी प्रदेश की यात्रा थी। इसके पहले भी मैं बंगाल, उड़ीसा (जो कि अहिन्दी भाषी प्रदेश हैं।) की यात्रा कई बार कर चुका हूँ, परन्तु वहाँ कभी भी यह महसूस नहीं हुआ कि मैं अजनबी हूँ। वहाँ के बहुसंख्यक लोग हिन्दी समझ जाते हैं, भले ही बोल नहीं पाते और दूसरी बात यह है कि ये दोनों प्रदेश हिन्दी भाषी प्रदेश बिहार झारखंड से सटे हुए है। झारखंड से नित्य कई बसें बिहार, उड़ीसा एवं बंगाल के लिए आवागमन करती हैं। सीमा की यह निकटता, भाषा की कठिनाई एवं अजनबीपन को काफी हद तक कम करती है।

रेलगाड़ी से टाटानगर से काठपाड़ी की यात्रा काफी उबाऊ एवं खीझ भरा था। रेलगाड़ी मे दो रात एवं एक दिन गुजारना काफी कष्टप्रद था। जहाँ पेशाबखाना और हाथ धोने का बेसिन था, वहाँ काफी गन्दगी थी। हालाँकि रेलवे की तरफ से कुछेक स्टेशनों पर सफाई की गई, परन्तु कुछ लोग है कि 'हम नहीं सुधरेंगे' की हीनभावना से ग्रस्त रहते हैं। सरकार 'स्वच्छ भारत अभियान' का चाहे जितना भी नारा लगा ले, परन्तु इनके कानों में जूँ तक नहीं रेंगतीं। ऐसे महानुभाव लोग बातें बड़ी-बड़ी करते हैं और भीड़ बटोरने में भी माहिर होते हैं।

अस्तु, गाड़ी हमारी अपनी निर्धारित चाल से अपने गंतव्य की तरफ बढ़ रही थी। आरक्षित बोगी होने से कम ही लोग चढ़ रहे थे। ज्यादातर लोग लम्बी दूरी वाले यात्री थी। कुछ ऐसे भी यात्री थे, जिनका वेटिंग टिकट था... वो नीचे के बर्थवाले यात्री से थोड़ी सी जगह माँग रहे थे। कुछ यात्री सहर्ष थोड़ी सी जगह दे देते थे; कुछ थोड़ा ना नुकर करने के बाद थोड़ी सी जगह छोड़ रहे थे... शायद यह सोचकर कि ऐसी परेशानी कभी उनके साथ भी आ सकती है।

झारखंड, उड़ीसा के बाद गाड़ी आन्ध्र प्रदेश की तरफ बढ़ रही थी। अब भाषा मे परिवर्तन स्पष्ट रूप से दिखने लगा था। उड़ीसा तक यह महसूस नहीं हुआ, परन्तु आन्ध्र प्रदेश से लेकर तमिलनाडु तक काफी कुछ महसूस होने लगा। अब ट्रेन मे सवार होने वाले यात्रियों की भाषा एकदम अजनबी थी। उनकी बातचीत से एक प्रतिशत भी अनुमान लगाना मुश्किल था कि वे किस विषय पर बात कर रहे हैं।

इस भाषान्तर के बावजूद, ट्रेन में एक वर्ग ऐसा भी मिला, जिसने झारखंड से लेकर तमिलनाडु तक राष्ट्र भाषा हिन्दी में बात किया, जिसे आम बोलचाल की भाषा में लोग किन्नर कहते हैं। ये ट्रेन की बोगी में झुंडों में प्रवेश करते हैं तथा बहुत ही अशोभनीय व्यवहार करते हैं। आमतौर पर ये दस रुपये से कम नहीं लेते हैं, परन्तु कुछ स्थानों पर मनमानी तथा जोर-जबरदस्ती भी करते दिखे। एक स्टेशन पर मुझे तीस रुपये तक देने पड़े। उस स्टेशन पर मेरे बोगी में चढ़े किन्नरों ने प्रत्येक यात्री से जबरन तीस रुपये लिए।

मुझे इस वर्ग से बहुत ही हमदर्दी है। मेरे विचार से भीख माँगने जैसी घिनौनी हरकत कोई मनुष्य बहुत मजबूरी में ही करता है। मैं भारत सरकार से यह अनुरोध करता हूँ कि वह ऐसे लोगों के पुनर्वास और रोजगार की समुचित व्यवस्था करे, ताकि उन्हें ट्रेनों में भीख नहीं माँगनी पड़े।

यात्रा के दौरान एक और चीज देखने को मिली, वह थी साफ-सफ़ाई। दक्षिण भारत के सभी रेलवे स्टेशन काफी साफ सुथरे दिख रहे थे... इसका शायद एक ही कारण होगा वह है जनसंख्या की विरलता। दक्षिण भारत के छोटे-बड़े सभी स्टेशनों में भीड़-भाड़, धक्का-मुक्की नहीं दिखा, जैसा कि

पूर्वोत्तर भारत के सभी रेलवे स्टेशनों में दिखता है।

कदाचार मुक्त भारत! भ्रष्टचार मुक्त भारत! सुनने में तो बहुत अच्छा लगता है। काश! सचमुच में हमारा देश ऐसा होता। इन नारों को ठेंगा दिखाते हुए रेलवे के टीटीई खुलेआम यात्रियों की मजबूरी का फायदा उठाकर पैसे लेकर सीट आवंटित कर रहे थे। कायदे के अनुसार जो यात्री प्रतीक्षा सूची में हैं, उनका हक खाली रह गई बर्थ पर बनता है, परन्तु उनसे अनधिकृत रूप से पैसे लेकर सीट दिया जा रहा था। घूस लेने में जरा भी संकोच नहीं! मानो घूस लेना उनका जन्मसिद्ध अधिकार है, जो भारत सरकार ने उनको दिया है।

मेरे साथ यात्रा कर रहे परिवार के एक सदस्य के भोजन में (जो रेलवे के द्वारा पैसे लेकर आपूर्ति किया गया था) एक मरा हुआ तिलचट्टा का बच्चा निकला। उन्हें सारा खाना फेंकना पड़ा। इसके बाद उन्होंने कुछ भी नहीं खाया... सिर्फ फल-फ्रूट पर ही सफर पूरा किया। जिन लोगों ने इस घटना को देखा, उन्होंने भी कुछ नहीं खाया।

आमतौर पर दक्षिण भारतीय लोग मुझे काफी शांत दिखे। जैसा कि पूर्वोत्तर भारत में रेलवे में सफर के दौरान राजनीति पर काफी गरमागरम बहस होती है। लोग इतने उत्तेजित होते हैं कि लगता है कि मारपीट कर लेंगे। सफर के दौरान कुछ एक थोड़ी बहुत हिन्दी जानने वाले भी मिले, परन्तु उनमें राजनीति के प्रति जरा भी दिलचस्पी नहीं दिखी... शायद इसका एक कारण यह भी हो सकता है कि उन्हें धाराप्रवाह हिन्दी बोलने में दिक्कत आती होगी। बहरहाल कारण जो भी हो, मुझे भी व्यर्थ की राजनीतिक बहस पसंद नहीं।

ट्रेन में यात्रा के दौरान एक ऐसा समूह भी मिला, जिसमें स्त्री-पुरुष और बच्चे सभी काले वस्त्र धारण किए हुए थे। भाषा कि कठिनाई के कारण मैं यह पूछ नहीं सका कि वे किस सम्प्रदाय से ताल्लुक रखते हैं। अगल-बगल के यात्रियों से भी कोई विशेष जानकारी नहीं मिल पाई।

चूँकि मैं इतिहास का स्टुडेंट रहा हूँ; मैंने अपनी मास्टर डिग्री इतिहास में ही किया है। मुझे वेलौर का इतिहास जानने की बड़ी उत्सुकता थी। वेलौर

में प्रवास के दौरान मैं वेलौर का किला देखने गया। वहाँ वेलौर के बारे में काफी जानकारी मिली। किले के अन्दर एक लघु म्यूजियम था, जो वेलौर शहर का इतिहास अपने में समेटे हुए था। गोल्डेन टेम्पल एवं भगवान कार्तिक का मंदिर यहाँ के खूबसूरत दर्शनीय स्थल हैं। हिन्दू धर्मावलम्बियों को यहाँ जरूर आना चाहिए।

कुछ एक-दो चीजों ने मेरा ध्यान अपनी तरफ आकर्षित किया। पहली बात तो यह थी कि यहाँ मन्दिरों में पूर्वोत्तर भारत के मन्दिरों जैसी भीड़ नहीं दिखी प्रायः सभी मन्दिर काफी बड़े क्षेत्र में फैले हुए हैं। दूसरी बात यह कि मन्दिर के गर्भगृह के पास जाकर पूजा करने की अनुमति आम दर्शकों को नहीं थी। लोग दर्शन के लिए कतार में खड़े-खड़े ही खा-पी रहे थे। यह देखकर हमें कुछ अजीब सा लगा, क्योंकि हमलोग नहा-धोकर बिना कुछ खाए पिए ही लाइन में लगे थे।

सीएमसी अस्पताल के आसपास प्रायः जितने भी मकान हैं, लगभग सभी लॉज में परिवर्तित हो चुके हैं। नित्य हजारों लोग विभिन्न प्रांतों से यहाँ आते हैं इलाज कराने के लिए और लगभग उतने ही इलाज कराके लौटते हैं। एक मरीज के साथ कम से कम दो व्यक्ति तो होते ही हैं। लॉज के आसपास किराए के बर्तन भी मिल जाते हैं। जिन मरीजों को लम्बे समय के लिए रुकना पड़ता है, वे किराए के बर्तन, चूल्हा, गैस इत्यादि ले लेते हैं। यह होटल में भोजन करने की अपेक्षा सस्ता पड़ता है। लॉजवाले भी मजबूरी का पूरा फायदा उठाते हैं... कम से कम चार दिन के लिए किराए पर देते हैं। मतलब कि आपको यदि दो दिन का काम है, तो भी चार दिन का किराया देना ही पड़ेगा।

बाजार में खाने-पीने के सामान का मूल्य भी लगभग वही है, जो और जगहों पर है। हाँ, गेहूँ की उपज यहाँ नहीं के बराबर है, इसलिए गेहूँ का आटा थोड़ा महँगा बिकता है। यहाँ के व्यवसाई, जो तमिल हैं; उनका व्यवहार हिन्दी भाषियों के प्रति थोड़ा रूखा जरूर है, जबकि गैर व्यवसाई जो तमिल हैं, वे कुछ पूछने पर काफी विनम्रता से समझाने की कोशिश करते हैं। यह मेरा अपना अनुभव है; दूसरों का अनुभव हो सकता है इससे कुछ भिन्न हो।

साम्प्रदायिक सौहार्द्र यहाँ गजब का है। कोई किसी के खान-पान पर हस्तक्षेप नहीं करता है। सभी एक दूसरे की धार्मिक भावनाओं का सम्मान करते हैं। सीएमसी परिसर में बने गिरिजाघर में सभी धर्मों के लोग शीश नवाकर सम्मान के साथ प्रभु ईशु को याद करते हैं। उनसे चंगाई होने की प्रार्थना करते हैं। सच्चे मन से ईश्वर को याद करने का ही फल है कि यहाँ आने वाले अधिकांश रोगी भले-चंगे होकर लौटते हैं।

यह प्रसंग, जो आस्तिक हैं, उनके लिए है; जो नास्तिक हैं उनके लिए बता नहीं सकता कि वे लोग भला-चंगा होने के बाद क्या सोचते होंगे। शायद ऐसे लोग सोचते होंगे कि यह चिकित्सा जगत में हो रहे निरंतर अनुसंधान का परिणाम है। बहरहाल कोई कुछ भी सोचे, हम तो ईश्वर से यही प्रार्थना करेंगे कि यहाँ जो भी आए, स्वस्थ होकर जाए।

अस्पताल में भर्ती होने की प्रक्रिया काफी दुरूह एवं कष्टप्रद है... महीनों इंतजार करना पड़ता है। ऑपरेशन के बाद आनन-फानन में मरीज को अस्पताल से छुट्टी दे दी जाती है, चाहे मरीज कितना भी कष्टप्रद हालत में हो... अस्पताल प्रबंधन को इस तरफ थोड़ा ध्यान देने की जरूरत है। मैंने देखा, एक मरीज के रिश्तेदार को डॉक्टर के सामने गिड़गिड़ाते हुए , ''सर, अभी रात के नौ बज रहे हैं, अभी छुट्टी मत कीजिए, कोई गाड़ी भी नहीं मिलेगी; कल सबेरे छुट्टी कीजिएगा।'' परन्तु डाक्टर ने एक न सुनी- कहा, ''यह कोई धर्मशाला नहीं है, अस्पताल है।'' यह कहते हुए डिस्चार्ज स्लिप मरीज के रिश्तेदार को थमा दिया।

अस्पताल में साफ-सफाई में कोई कमी नहीं है। जिस तरह से मरीजों की भीड़ यहाँ लगती है, उसके हिसाब से स्वच्छता काबिले तारीफ है। पीने के पानी की यहाँ बड़ी किल्लत है। शहर में पानी खरीदकर पीना पड़ता है; प्रशासन की तरफ से निःशुल्क जल की कहीं व्यवस्था नहीं है। इस मामले में पूर्वोत्तर के लोग भाग्यशाली हैं, कि उन्हें शुद्धजल के लिए सोचना नहीं पड़ता है। अस्पताल परिसर में प्रबंधन की तरफ से पीने के लिए शुद्ध जल की व्यवस्था है, परन्तु बोतलों में पानी भरकर ले जाना मना है। कभी-कभी अनजाने में लोग बोतल में पानी भरने लगते हैं, जिसे सुरक्षा गार्ड छीन लेते हैं... तब मन में विचार आता है कि क्या एक कल्याणकारी राज्य का यह

कर्तव्य नहीं है कि वह अपने नागरिकों को निःशुल्क पेयजल की व्यवस्था करे।

अस्पताल में इलाज के दौरान काफी खट्टे-मीठे अनुभव हुए। जहाँ दूसरी जगहों पर कमीशन के लालच में डॉक्टर झोलाभर के दवाइयाँ लिखते हैं, उसके उलट यहाँ मरीजों को कम से कम दवाइयाँ दी जाती हैं, ताकि दवा का कोई दुष्प्रभाव नहीं हो। दवा भी काफी कम कीमत की लिखी जाती है। एक व्यक्ति ने बताया कि यहाँ पर जटिल रोगों के इलाज में विदेशों से एक्सपर्ट डॉक्टर्स भी बुलाए जाते हैं। स्वाभाविक हैं कि उनकी फीस का भुगतान भी मरीजों को ही करना पड़ता होगा। बहरहाल बात जो भी हो... इतना तो तय है कि यहाँ पर इलाज में कोई कोताही नहीं बरती जाती।

वहाँ इलाज के दौरान कई लोगों से आत्मीयतापूर्ण संबंध हो गए थे। जिस होटल में हमलोग भोजन करते थे, वहाँ के एक रसोईया से अच्छा परिचय हो गया था। उसने एक दिन बहुत ही मायूस होकर कहा ‘‘साहब, हम तो यहाँ आकर फँस गये; इससे तो भला अपना गाँव ही ठीक था। यहाँ सुबह से लेकर शाम तक बैल जैसा खटना है, पर पैसा कुछ भी नहीं है।’’ मैंने मन में सोचा कि इस अनजान जगह में, जहाँ मैं खुद ही नया हूँ, सिवाय कुछ रुपये-पैसे के इसकी क्या मदद कर सकता हूँ। फिर उसने खुद ही कहा इस साल के अंत तक कुछ पैसे जमा हो जाएँगे तो मैं अपने गाँव चला जाऊँगा। मैं मन में सोच रहा था कितने सारे लोग गरीबी से तंग आकर अपने मूल स्थान को छोड़कर पैसे कमाने के लिए दूर-दराज के इलाकों में चले जाते हैं; पर कितने सही जगह पर पहुँच पाते है? अधिकांश व्यक्ति शोषण के शिकार ही होते हैं।

एक दिन शॉपिंग के दौरान एक सरदारजी से बातचीत हुई। उनका परिवार पिछले चालीस वर्षों से यहीं बस गया है। उनके पितामह पंजाब से यहाँ किसी कार्य हेतु आए थे, फिर वे यहीं के होकर रह गए। यहाँ पर कपड़े का बिजनेस है। वे धड़ल्ले से तमिल बोल रहे थे। उन्होंने यहाँ के बारे में कई नई जानकारियाँ दीं। उन्होंने कहा कि यहाँ के लोग अपने भाषा-भाषियों को छोड़कर दूसरे समुदाय के लोगों से मिलना-जुलना पसंद नहीं करते हैं; कुछ पूछने पर सहयोग भी नहीं करते हैं। इसका एक कारण भाषा भी हो सकता

है, क्योंकि बहुसंख्यक तमिल भाषी लोग हिन्दी एकदम समझ नहीं पाते हैं। सरदारजी कुछ नाराज दिख रहे थे। बहरहाल मुझे जो अुनभव हुआ, वह एकदम कटु नहीं था। कई एक जगहों पर पूछने पर मुझे अच्छा रेस्पांस मिला। मैंने एक चीज गौर किया कि तमिल प्रदेश में अगर कुछ जानकारी लेना है तो किसी स्टूडेंट से ही पूछना चाहिए, क्योंकि वे लोग काफी अच्छा सहयोग करते हैं।

जिनके पास धन और समय की कमी नहीं है, उन्हें इलाज के बाद दक्षिण भारत के प्रसिद्ध मंदिरों को एक बार अवश्य ही देखना चाहिए; अगर रोगी का स्वास्थ्य इसकी आज्ञा देता हो तब। वहाँ से लौटते समय मन में खुशी एवं गम दोनों ही था। खुशी इसलिए कि इलाज सफलतापूर्वक पूरा हुआ... गम इसलिए कि जिनसे इलाज के दौरान परिचय हुआ, अब उनसे बिछुड़ने का समय आ गया था। कुछ एक मरीजों के परिजन से फोन नम्बर का आदान-प्रदान भी हुआ।

अस्पताल छोड़ने के एक दिन पहले हम लोगों ने आसपास के पूजा स्थलों पर जाकर शीश नवाया और ईश्वर को धन्यवाद दिया। जो भी वहाँ पर इलाज करा रहे थे, उन सब की सलामती के लिए ईश्वर से प्रार्थना किया। भगवान से हाथ जोड़कर हमने विनती किया ''हे प्रभु! सभी को स्वस्थ रखिए, ताकि किसी को यहाँ आने की नौबत न पड़े।

एक बार पुनः मैं हाथ जोड़कर केन्द्र सरकार से आग्रह करता हूँ कि वो बिहार, बंगाल या झारखंड में सीएमसी के जैसा एक अस्पताल का निर्माण अवश्य करवाए, ताकि पूर्वोत्तर के लोगों को इलाज में परेशानी नहीं उठानी पड़े। एक रोगी को लेकर ट्रेन में दो दिन या तीन दिन का सफर करना कितना कष्टदायक होता है, यह तो एक भुक्तभोगी ही बता सकता है। आशा करता हूँ कि सरकार इस बारे में जरूर सोचेगी।

16

माई

'माई, इस काले गोल पत्थर पर लोग पानी और दूध क्यों चढ़ाते हैं?'
- सोम माई की तरफ एकटक देखते हुए पूछा।

'माई प्यार से समझाते हुए बोली-' बेटा, ई शंकर जी भगवान हैं, दूध जल चढ़ाने से खुश रहते हैं।'

'लेकिन माई, भगवान जी दूध कहाँ पीते हैं! सब तो नाली में बहकर बर्बाद हो जाता है। हमको कितना लालच आता है दूध देखकर; पीने का मन करता है।'

'नहीं बेटा, बर्बाद नहीं होता है, सब भगवान जी के पेट में जाता है।'

'नहीं माई तुम झूठ बोलती हो, सब तो नाली में बहता हैमाई हम भी तो वही दूध मोरी से जब बाहर गिरता है तो अँजुली में लेकर पीते हैं।

'बेटा वो परसादी है; दूध चढ़ाने से भगवान जी धन-संपत्ति, कार, गाड़ी-बँगला सबकुछ देते हैं, सब मनोकामना पूर्ण होता है।

पाँच वर्षीय सोमू, माई का मुँह चुपचाप देखे जा रहा था। शायद कुछ बातें उसकी समझ में नहीं आ रही थीं।

माई समझाते हुए बोली- ''सच्चे मन से जो भी भगवान जी से माँगते हैं वह मिलता है।''

'माई, तुम भी भगवान जी से एक बड़ा सा घर क्यों नही माँगती? हम लोग दिनभर मंदिर के बाहर बैठते हैं, कितना धूप लगता है।'

माई की आँखें भर आयीं। बोली-' बेटा, हम लोगों का मन साफ नहीं हैं, इसलिए नहीं मिलता है; तुम अभी बच्चे हो, तुम्हारा मन साफ है, जो माँगोगे वही मिलेगा।

''सच माई! तब तो मैं भगवान जी से जरूर मागूँगा।'' थोड़ी देर के लिए सोम सपनों की दुनिया में खो गया। आँखों क सामने कार, बँगला सब कुछ घूमने लगा।

अकस्मात जैसे उसे कुछ याद आया। बोला- लेकिन माँई, हमारे पास इतने पैसे कहाँ कि हम दूध खरीदकर ले सकें?

'हाँ बेटा, हम लोग भिखारी जो ठहरे, लेकिन तू उदास मत हो। भगवान खाली जल चढ़ाने से भी खुश रहते हैं।'

''नहीं माई, मैं तो भगवान जी को दूध ही चढ़ाऊँगा; भीख से जो भी पैसे मिलेंगे, उनको बचाकर दूध खरीदूँगा। मैं रोज रात को खाना नहीं खाऊँगा, पानी पीकर सो जाऊँगा; पैसे बचाऊँगा दूध खरीदने के लिए।''

'माई बोली, तू कितना जिद्दी है रे! कितना तुझको अपने ईश्वर पर विश्वास है। कितनी अभागी वो माँ है, जो तुझ जैसे लाल को मंदिर के बाहर छोड़कर हमेशा के लिए चली गयी... भगवान जाने उसकी क्या मजबूरी रही होगी। अभी भी वो कहीं से आ जाए तो मैं अपने कलेजे के टुकड़े को दिल पर पत्थर रखकर उसे सौंप दूँगी, बालक बड़ा होकर भिखारी बनने से तो बच जाएगा।''

फूलो एक भिखारिन महिला थी। माता-पिता ने नाम शायद फूलमति रखा होगा। फूलमति से वह फूलो कब बन गई उसे याद नहीं। उसे कोई फुलमतिया बोलता कोई फूलो। फूलमति को बस इतना ही याद है कि वह एक गुलगुलिया समाज से संबंध रखती है।

गुलगुलिया एक खानाबदोश जाति है। वर्तमान में ये लोग खानाबदोश प्रकृति छोड़कर एक स्थाई जगह जहाँ-तहाँ अपनी सुविधानुसार बस गए हैं।

सामान्यतः इनकी जीविका का कोई निश्चित साधन नहीं है। समाज के पुरुष वर्ग के लोग रिक्शा वगैरह चलाते हैं या छोटी-मोटी मजदूरी करके जीवनयापन करते हैं। महिलाएँ या छोटे बच्चे सड़कों के किनारे या मंदिरों के बाहर भीख वगैरह माँगते हैं। ये कई झुंडों में विभाजित हैं और आपस में लड़ाई-झगड़ा करना आम बात है।

गुलगुलिया समाज के युवा एवं बच्चे कई तरह के अपराधों में लिप्त पाए जाते हैं। बाजार या मंदिरों के बाहर भीख माँगने के दौरान किसी का मोबाइल फोन या पर्स चोरी कर लेना इनके लिए साधारण सी बात है। कई बार ये पकड़ाते भी हैं... जेल भी जाते हैं; परन्तु जेल से छूटने के बाद फिर से अपराध में लिप्त हो जाते हैं। जेल जाना या हवालात में मार खाना इनके लिए कोई मायने नहीं रखता। पेट की भूख शांत करने के लिए ये कुछ भी कर सकते हैं।

काम धंधे के उपरांत शाम के वक्त किसी एकांत जगह में जुआ खेलना और हार-जीत के पश्चात् मारपीट करना इनकी नित्य की दिनचर्या है।

यदि स्थानीय थाने में किसी भी स्थान से चोरी, छिनैती की रिपोर्ट आती है तो पुलिस सबसे पहले इनके ठिकानों पर छापामारी करती है। कई बार निर्दोष होने पर भी पुलिसिया जुल्म के शिकार होते हैं।

सरकार की तरफ से कितनी ही कल्याणकारी योजनाएँ चलाई जाती हैं, परन्तु आश्चर्य की बात है कि इन पर किसी का ध्यान नहीं जाता है। किसी भी सांसद या विधायक का ध्यान इनकी दयनीय स्थिति पर नहीं जाता है, क्योंकि ये किसी पार्टी के वोट बैंक नहीं हैं। ये कभी वोट देने नहीं जाते, क्योंकि इनका अपना कोई घर नहीं है, कहीं वोटर लिस्ट में इनका नाम नहीं है। ऐसी बात नहीं है कि प्रशासन इन सबसे अनभिज्ञ है। प्रशासन सब जानता है। समाज की ये कमजोर कड़ी हैं। इनकी आवाज उठाने वाला कोई नहीं है।

फूलमति का जन्म गुलगुलिया समाज में ही हुआ था। अपने ही समाज के एक युवक से उसका विवाह भी हुआ। पति भाड़े का रिक्शा चलाता था। काम धंधे के पश्चात दारू पीकर आना और झगड़ा-झंझट करना, यही

उसकी दिनचर्या थी। पति की प्रताड़ना से वह तंग आ चुकी थी। शादी के कई वर्ष बीत जाने के बाद भी वह संतान सुख से वंचित थी। पति को एक और मौका मिल गया उसे ताना मारने का। दस वर्ष के बाद पति ने एक दूसरी युवती को घर पर लाकर बिठा दिया। अपनी ही झोपड़ी में फूलमति नौकरानी बनके रह गई। पहले केवल पति ही प्रताड़ित करता था अब नई बीवी भी उसका साथ देने लगी। अंततः एक दिन फूलमति ने झोपड़ी हमेशा के लिए छोड़ दिया। उसका समाज इतना सभ्य नहीं था, कि किसी दूसरे के घर में गुजारा हो जाए। सिवाय भीख माँगने के और कोई रास्ता नहीं था।

बढ़ती हुई उम्र ने फूलमति को फूलो बना दिया। भीख माँगना इतना आसान नहीं था। फूलों को भीख माँगने में शर्म आती थी। वह सुबह-सुबह उठकर अँधेरे में फूल तोड़ लाती थी, फिर बेलपत्र के साथ मिलाकर और मंदिर के बाहर बैठ जाती थी। जो भी भक्तजन आते थे, आवश्यकतानुसार पुष्प खरीद लेते थे। इस तरह थोड़े बहुत पैसों से उसका गुजारा हो जाता था। शरीर को जीवित रखने के लिए जो अल्पाहार की आवश्यकता थी, वह इतने पैसों में काफी था।

वक्त गुजर रहा था। एक दिन ऐसी घटना हुई, जिसको याद कर फूलो अब भी सिहर जाती है। एक दिन फूल तोड़ते हुए वह काफी दूर बस्ती की तरफ निकल गई। वहाँ कुछ व्यक्तियों ने उसे बच्चा चोर समझकर पकड़ लिया। देखते-देखते काफी भीड़ जमा हो गई। उक्त भीड़ उसे जान से मारने पर उतारू हो गई थी। बड़ी मुश्किल से जान छुड़ाकर भागी थी। पीछे से लोग पत्थर मार रहे थे। वह भागें जा रही थी। वह तो अच्छा हुआ कि मंदिर के पंडित जी देख लिए और उसकी जान बच गई। दहशत के मारे कई दिन तक वह मंदिर के बाहर पेड़ के नीचे पड़ी रही। उसे अब मंदिर क्षेत्र से दूर जाने में डर लगता था।

कई दिन तक फूलो वही मंदिर के बाहर चुपचाप अन्य भिखारियों के साथ बैठी रहती थी। मुँह से कभी वह एक शब्द नहीं बोलती थी। यद्यपि उसके समाज के और मनुष्य भीख माँगने में जरा भी संकोच नहीं करते थे। मंदिर से कुछ ही दूर पर रेलवे स्टेशन था। समय बिताने के लिए मुसाफिर वक्त-बे-वक्त मंदिर की तरफ आ जाया करते थे, इससे मंदिर के बाहर माँगने

वालों को कुछ न कुछ मिलते रहता था। कभी-कभी कोई भक्तजन मन्नत पूरी होने पर मंदिर के बाहर दुकान में पूड़ी-सब्जी बनवाकर अपनी तरफ से भिखारियों को बँटवा दिया करते थे। कभी कोई भक्तजन मिठाई भगवान को चढ़ाकर और बचा हुआ प्रसाद मंदिर के बाहर बाँट दिया करते हैं।

फूलो ने अब फूल, बेलपत्र बेचना बंद कर दिया था, क्योंकि इन्हें तोड़ने के लिए मंदिर से काफी दूर जाना पड़ता था। समाज में महिलाएँ कितनी असुरक्षित हैं, उसे अब महसूस हो रहा था। उस दिन अगर मंदिर के पंडित जी नहीं होते तो वह जीवित नहीं बचती।

एक दिन सवेरे-सवेरे फिर बस्ती के कुछ पुरुष एवं महिलाओं का झुंड मंदिर के पास आ धमका। वे लोग फूलो को खोज रहे थे। फूलो को देख पागलों की तरह चिल्लाने लगे, यही है वह बच्चा चोर! फूलो भागकर मंदिर के अंदर चली गई। वह थर-थर काँप रही थी; लगता था कि अब प्राण निकलने ही वाले हैं। पंडित जी शोरगुल सुनकर सब समझ गए। उन्होंने फूलो को अंदर ही रुकने को कहा एवं मंदिर के बाहर आए। बोले क्यों, क्या बात है? किस चीज के लिए शोर गुल हो रहा है।

भीड़ में से एक आदमी बाहर आया। बोला - हमलोग रेलवे कॉलोनी की बगल वाली बस्ती से आए हैं, हमें बच्चा चोर की तलाश है।

पंडित जी बोले- ''बच्चा चोर यहाँ मंदिर में बैठा है, जो मुँह उठाए यहाँ चले आ रहे हो?

''हमारी बस्ती से एक बच्चा गायब है; बच्चा चोर गिरोह की एक महिला यहीं आस-पास रहती है।'' एक आदमी ने कहा।

''क्या यही वह महिला है, जिसकी तुम बात कर रहे हो?'' पंडित जी ने फूलो की ओर इशारा करते हुए पूछा।

'हाँ-हाँ यही वह औरत है; इसे हमने कई बार बस्ती में संदिग्ध अवस्था में घूमते हुए देखा है।

'तुम सठिया गए हो, तुम सबकी मति मारी गई है; इस औरत को हम सब दिनभर मंदिर के बाहर देखते हैं, यहीं बेचारी पड़ी रहती है और तुम सब

बोल रहे हो कि बस्ती में घूमती पाई गई है, तुम सब पागलखाना भेजने लायक हो।

'पंडित जी व्यर्थ में बकवास मत कीजिए। उसे हमें सौंप दीजिए। हम सब सच उगलवा लेंगे।

मैं सच बताऊँ, सुनोगे? दस दिन पहले तुम्हारी बस्ती में एक बच्चा चोरी हुआ था, जिसके संदेह में तुम सब इस औरत को सबेरे-सबेरे दौड़ा कर मार रहे थे। अगर मैं सवेरे टहलने नहीं निकलता और नहीं देखता तो तुम सबने इसे मार ही दिया होता; अब बताओ वो बच्चा कहाँ मिला! तुम बताओगे या मैं बताऊँ?

भीड़ एकदम से शांत हो गई। सब एक दूसरे का मुँह देखने लगे।

पंडित जी लगभग चिल्लाते हुए बोले- ''वो बच्चा पढ़ाई के डर से भागकर अपने मामा के यहाँ चला गया था; चार दिनों के बाद उसके मामा ने खबर दिया कि बच्चा सुरक्षित है; अब बताओ, मैं पुलिस को बुलाकर इसे मारने के जुर्म में तुम्हें गिरफ्तार करवाऊँ?

पुलिस का नाम सुनते ही भीड़ के पसीने छूटने लगे। सब धीरे-धीरे खिसकने लगे।

पंडित जी बोले- जाते कहाँ हो, सुनो, तुम्हारे भले के लिए बोल रहा हूँ; अभी एक महीना पहले की बात है, राहरबेड़ा गाँव के पास दो पुरुष एवं एक महिला जमीन देखने गए थे। उन्हें जमीन बिक्री की सूचना मिली थी। शहर बेड़ा गाँव के लोगों ने उन्हें बच्चा चोर समझकर पकड़ लिया और पीटना शुरू कर दिया। वे बेचारे हाथ जोड़कर रहम की भीख माँगते रह गए, लेकिन गाँव वाले पर पागलपन का भूत सवार था। उन्होंने इतना पीटा कि वह वृद्ध महिला एवं उसके दोनों बेटे जान से हाथ धो बैठे... बिना जाँच पड़ताल किए सिर्फ शक के आधार पर भीड़ ने उन्हें मार डाला। अभी उस गाँव में एक भी पुरुष नहीं मिलेगा। सभी पुलिस के डर से भागे हुए हैं। जो दस-पन्द्रह व्यक्ति पकड़ाए, वे सभी जेल में है, गाँव का मुखिया भी जेल में है। अभी उस गाँव की ये स्थिति है कि औरतें एवं बच्चे भूख से बिलबिला रहे हैं; घर का कमाने वाला घर से फरार है, गाँव में दिन-रात पुलिस का

पहरा रहता है।

भीड़ निःशब्द थी। पंडित जी की बातें उनकी समझ में आ रही थीं।

पंडित जी फिर बोले- ''तुम क्या चाहते हो, तुम्हारे बाल बच्चों के साथ भी यही हो! किसी पर भी शक हो तो उसे पकड़कर शांति से पूछताछ करो, पुलिस को बुलाओ, बाकी का काम पुलिस करेगी; कानून हाथ में लेने का अधिकार किसी को भी नहीं है।''

''पंडित जी हमसे गलती हो गई है, क्षमा कीजिएगा।'' भीड़ में से एक व्यक्ति ने कहा।

अरे भाई, इस कलयुग में थोड़ा धरम-करम भी किया करो; कभी-कभार मंदिर में आकर पूजा-पाठ भी कर लिया करो। मंदिर आना-जाना करोगे, तब तो ज्ञात होगा कि इस मंदिर के बाहर जो बेसहारा लोग बैठते हैं वे चोर उचक्के नहीं हैं; वे बच्चा चोरी नहीं करते हैं, वे तो बस चंद सिक्कों के लिए यहाँ बैठते है ताकि उदर की अग्नि को बुझा सकें।

पंडित जी के समझाने से भीड़ वहाँ से चली गई। पंडित जी ने फूलो से कहा- ''बहन अब डरने की कोई बात नहीं है, तुम निश्चिंत होकर अपना काम करो।''

फूलो के मन में डर समा चुका था। वह इस कदर भयभीत थी कि शाम होने के पहले ही निकट के रेलवे स्टेशन चली जाती थी। वहाँ मुसाफिर खाना में रात बिताने के पश्चात सवेरे मंदिर आती थी। रेलवे स्टेशन में पुलिस की मौजूदगी से वह निश्चिंत रहती थी।

एक दिन फूलो, सवेरे उजाला होने के पहले ही मंदिर की तरफ चल पड़ी। उस दिन मुसाफिर खाना में काफी भीड़ थी... शायद कोई ट्रेन लेट थी। वह रात भर सो भी नहीं सकी थी। मंदिर के बाहर सीढ़ियों पर पोटली में कुछ रखा हुआ था। फूलो ने पास जाकर देखा, वह एक नवजात बालक था। कुछ घंटों पूर्व उसका जन्म हुआ था। उसकी माँ रात के अँधेरे में मंदिर के बाहर छोड़कर चली गई थी।

फूलो, पंडित जी को बुलाकर लाई। पंडित जी असमंजस में थे कि इस

बालक का क्या किया जाए। पंडित जी ने फूलो को कुछ रुपए देते हुए कहा- जा तू इस बच्चे को पहले चाय के दुकान से दूध लाकर पिला, तब तक मैं पुलिस को सूचित करता हूँ।

फूलो ने पंडित जी के चरण पकड़ लिए। कहा - पंडित जी, पुलिस को मत बुलाइए, मैं इस बच्चे को पालूँगी; संतान नहीं होने की वजह से मुझे गृहत्याग करना पड़ा। पति ने दूसरी शादी कर ली। भगवान भोले शंकर ने यह शिशु मुझे ही दिया है, मुझे यशोदा बनने का सौभाग्य प्रदान कीजिए।

पंडित जी बोले- फूलो, तुम भावना में मत बहो; तुम्हारे पास न घर है न ही रहने का कोई निश्चिंत ठिकाना; तुम्हारी कोई निश्चित आमदनी नहीं है, तुम कैसे इस बच्चे को पालोगी?

फूलो बोली- पंडित जी मैं अपने पति के पास गुलगुलिया बस्ती चली जाऊँगी; वहाँ मैं नौकरानी बनके रहूँगी, दूसरों के घर काम करके इस बच्चे को पालूँगी, इसे सरकारी स्कूल में पढ़ाऊँगी; मेरे जीने का एक सहारा तो हो जाएगा।

पंडित जी ने फूलो को एक साड़ी तथा हाथ में हजार रुपए देते हुए कहा- जा तू पहले अपने कपड़े बदल ले, फिर बच्चे को लेकर अपने पति के पास चली जाना... यदि फिर कभी कुछ आवश्यकता हो तो मुझे बताना, मैं भरसक तुम्हारी मदद करूँगा।

फूलो ने पंडित जी का आभार जताया और बच्चे को लेकर अपने पति के घर आ गई। पहले तो पति ने घर में रखने से ही इंकार कर दिया। कहा- मुझे इस लफड़ा में नहीं पड़ना है, तू जहाँ से आई है वहीं चली जा। अगल-बगल की औरतों ने समझाया- अरे हरिया, तू पागल हुआ है; तेरी दूसरी से भी तो कोई औलाद नहीं है, बच्चा बड़ा होकर तेरा सहारा बनेगा, एक कोने मे रहने दे।

हरिया की झोपड़ी में दो ही कमरे थे। दूसरे कमरे में रिक्शा के पुराने टायर, पंचर बनाने का सामान एवं कबाड़ रखे हुए थे। कुछ देर सोचने के बाद हरिया ने दूसरे कमरे में रहने की इजाजत दे दी। फूलो ने उस कमरे में एक किनारे अच्छी तरह सफाई करके गुदड़ी बिछा दिया। बच्चे के लिए दूध

की बोतल, साबुन, पाउडर एवं अन्य सामान एक लड़के को पैसा देकर मँगवा लिया। चूँकि बच्चा सोमवार को मिला था, इसलिए गुलगुलिया समाज की औरतों ने बच्चे का नाम सोमनाथ रखा। प्यार से उसे सोमू कहकर बुलाने लगे।

सबके दिल में बच्चे के लिए प्यार था। बस्ती की औरतों ने सरकारी अस्पताल मे ले जाकर बच्चे का टीकाकरण करवाया।

समय धीरे-धीरे खिसकता रहा। दुःख की घड़ी जल्दी कटती नहीं है, परन्तु सुख की घड़ी कब बीत जाती है, पता ही नहीं चलता है। बच्चे के प्यार में फूलो इतनी मगन हो गई थी कि उसे पता ही नहीं चला कि कब ग्रीष्म ऋतु और शरद ऋतु आकर प्रस्थान कर गई। सोमनाथ अब पाँच वर्ष का हो चला था।

फूलो, सोम को अच्छा संस्कार दिलाना चाह रही थी। उसकी दिली तमन्ना थी कि सोमू पढ़कर लिखकर बड़ा आदमी बने। वह सोमू का नाम सरकारी स्कूल में लिखाना चाह रही थी, परन्तु हरिया इसके लिए तैयार नहीं था। वह कहता-पढ़-लिखकर क्या करेगा? सड़क पर नौकरी के लिए खाक छानता फिरेगा। रिक्शा चलाना सीख जाएगा तो दो पैसे घर में लाएगा, इसके लिए नया रिक्शा खरीदकर दूँगा।

फूलो इसके लिए बिलकुल तैयार नहीं थी। कहती - मेरा बेटा बड़ा होकर अफसर बनेगा, बड़ी गाड़ी में घूमेगा... रिक्शा क्यों चलाएगा!

फूलो के ज्यादा दबाव देने पर हरिया बिगड़ उठता - ''अरे, तू पागल हो गई है क्या! क्या तेरी अपनी औलाद है? इसके पीछे जान देने पर तुली हुई है; जा मैं नहीं पढ़ाता इसे। हुँ! डिप्टी कलेक्टर बनाएगी।'' फूलों समझ गई इसको समझाना पत्थर पर सर पटकने के बराबर है; बच्चे को अच्छा संस्कार इस परिवेश के बाहर ही मिलेगा।

एक दिन हरिया तो सारे हद को पार कर गया। शाम का वक्त था। हरिया रिक्शा चलाकर घर लौटा। महावीर जयंती थी। शराब की सारे दुकानें बंद थीं। हरिया शराब का नियमित रूप से आदी था। शराब नहीं मिलने से उसमें बेचैनी छाई हुई थी। उसने रिक्शे को घर के पास लगाया। बालक

सोमू के साथ में दस का नोट देकर कहा। ''बेटा इस पेड़ के नीचे बुढ़िया माई बैठी हुई है, जा उसके पास से गिलास में हँडिया लेकर आ।'' हँडिया एक नशीला पेय पदार्थ है। यह भात को सड़ाकर तैयार किया जाता है। आदिवासी समाज में बहुतायत से इसका सेवन किया जाता है। वे लोग उसे पेट के लिए ठंडा एवं शरीर के लिए उत्तम मानते हैं।

हरिया ने हँडिया पीने के पश्चात गिलास में बचे दो घूँट को बालक सोमू की ओर बढ़ाते हुए कहा ''ले, तू भी दो घूँट पी ले, शरीर को फायदा करेगा; हम गरीबों का सोमरस भी यही है और कोल्ड ड्रिंक भी यही है।''

दो घूँट पीने के बाद सोमू की तबियत खराब हो गई। वह उल्टियाँ करने लगा। उस मासूम को क्या पता था कि यह एक नशीला पेय है। फूलों उस समय सोई हुई थी। बच्चे की उल्टी करने की आवाज से उसकी नींद टूट गई। उसने हरिया से पूछा- ''अचानक इसे क्या हो गया?''

हरिया बोला- कुछ नहीं, दो घूँट हंडिया इसे भी पिला दिया... अभी बच्चा है, धीरे-धीरे आदत लग जाएगा।

फूलो बोली- तू अपनी आदत से बाज नहीं आएगा तो मैं घर छोड़कर चली जाऊँगी; मैं इसे शराबी कतई नहीं बनने दूँगी। हरिया नशे में था। बोला- तू तो ऐसे चिल्ला रही है जैसे तेरा अपना बच्चा हो... और हाँ, मैंने तुम्हें बुलाया ही कब था, तू तो अपने से गई और अपने से वापस भी आ गई; जुआड़ी बने या शराबी बने, कौनो मेरा अपना बच्चा है क्या!

हरिया की बात फूलो के दिल में तीर की तरह चुभ रही थी। उसे इस समय सोमू की चिंता थी। हँडिया के प्रभाव को कम करने के लिए वह सोमू के सर को लगातार शीतल जल से धो रही थी।

उस दिन फूलो रातभर सोई नहीं। सोमू को गोद में लेकर बैठी रह गई। उसे सोमू के भविष्य की चिन्ता थी। उसने मंदिर के पंडित जी से वादा किया था कि वह सोमू को पढ़ा-लिखाकर बड़ा आदमी बनाएगी। अगर सोमू यहाँ गुलगुलिया बस्ती में रह जाता है तो यह शराबी एवं जुआरी बन जाएगा। गलत सोहबत में चोरी चकारी करने लगेगा, तो वह अपने आपको कभी माफ नहीं कर पाएगी। बच्चे को आरंभिक संस्कार माता-पिता एवं घर से ही

मिलता है... यहाँ तो पिता ही बच्चे को शराबी बनाने पर आमादा है। अगर बच्चे का भविष्य सुधारना है तो उसे इस बस्ती का त्याग करना ही पड़ेगा।

फूलो अब दिन-रात इसी चिंता में घुली जा रही थी कि इस स्थान को छोड़कर कहाँ शरण लिया जाए। फिर कहीं कोई भीड़ बच्चा चोर समझकर पकड़ ले तो वह क्या जवाब देगी। फिर उसे मंदिर के पंडित जी याद आए। इस संकट से पंडित जी ही उबार सकते है। पंडित जी भले आदमी हैं, जरूर कोई न कोई व्यवस्था कर देंगे।

दूसरे दिन जब हरिया रिक्शा लेकर कमाने निकला, तो फूलो भी अपनी तैयारी में लग गई। उसने अपना और सोमू का जरूरी सामान एक थैले में रखा और निकल पड़ी। किसी ने पूछा तो कहा कि- जा रही हूँ बच्चे का नाम स्कूल में लिखाने; हरिया को तो रिक्शा से ही फुर्सत नहीं है, सब मुझे ही करना है।

फूलो मंदिर पहुँची तो ज्ञात हुआ कि पंडित जी गाँव चले गए हैं, कब लौटेंगे पता नहीं। मायूस होकर वहीं मंदिर की सीढ़ियों पर बैठ गई। भक्तजन जो कुछ दे देते थे, वह पेट की भूख शांत करने के लिए काफी था। कई दिन बीत गए पंडित जी नहीं आए। उसे अपनी नहीं बल्कि बच्चे के भविष्य की चिन्ता थी।

मंदिर से कुछ दूरी पर एक सरकारी माध्यमिक विद्यालय था। स्कूल बिना अहाता का था। अहाता हरेक साल बनता था और बारिश की पहली बौछार में ही गिर जाता था, इसलिए स्कूल में मनुष्य के साथ पशुओं का आना-जाना लगा रहता था। बच्चे पढ़ाई करते थे और पशु, क्लास रूम के बाहर तक आकर घास चरते थे। उपेक्षा का दंभ झेल रहे इन स्कूलों के लिए सरकार प्रतिवर्ष लाखों रुपये खर्च करती है, लेकिन परिणाम वही शून्य का शून्य। पढ़ाई में गुणवत्ता के नाम पर प्रतिवर्ष भारी राशि खर्च की जाती है, फिर भी प्राइवेट स्कूलों की बराबरी नहीं कर पाते। यही कारण है कि समर्थ लोग अपने बच्चों को प्राइवेट स्कूलों में भेजते हैं। सरकारी स्कूल गुणवत्ता में सर्वश्रेष्ठ साबित होंगे... जिस दिन सांसदों, विधायकों के बच्चे और प्रशासनिक अफसरों के बच्चे इन स्कूलों में पढ़ेंगे; लेकिन ऐसा होता हुआ

दिखाई नहीं देता है।

एक दिन मास्टरजी क्लास एक के बच्चों को स्कूल के अहाते में प्राकृतिक वातावरण में पेड़ के नीचे पढ़ा रहे थे। सोमू बोला- माई, मुझे भी पढ़ने का मन कर रहा है, क्या मास्टरजी मुझे नहीं बैठाएँगे लड़कों के साथ?

माई बोली- बेटा स्कूल में नाम लिखाना पड़ता है; कैसे क्या होता है मुझे मालूम नहीं। पंडित जी आएँगे तो उनसे बात करूँगी। तब तक तू एक काम कर, तू पेड़ के पीछे छिपकर मास्टर जी जो भी पढ़ाते हैं उसे ध्यान से सुन और याद कर ले, इससे तेरी स्मरण शक्ति भी बढ़ेगी।

अब सोमू नित्य छिपकर मास्टर जी द्वारा पढ़ाए गए पाठ को ध्यान से सुनता और उसे मन ही मत दोहराता। एक दिन उसने माई को सौ तक गिनती एवं दस तक का पहाड़ा सुना दिया। माई हैरान थी कि जिस बालक ने कभी कॉपी पेंसिल तक नहीं छुआ, सिर्फ सुनकर कैसे इतना स्मरण कर लिया। यह सब भोले शंकर की कृपा है। उन्होंने इस बालक को मुझे दिया है तो इसका खयाल भी वही रख रहे हैं। बस एक बार पंडित जी आ जाएँ तो इस बच्चे का नाम स्कूल में लिखा जाए।

जब लंच के समय सभी बच्चे रोटी खा रहे होते, सोमू सरकारी नल से भरपेट पानी पीकर और किसी पेड़ के नीचे लेट जाता। पुनः जब कक्षा लगती, वह स्कूल के पिछवाड़े बैठकर क्लास रूम में मास्टरजी द्वारा पढ़ाए पाठ को सुनकर याद करने की कोशिश करता।

इसी तरह बालक सोमनाथ का बचपन आहिस्ता-आहिस्ता आगे की तरफ बढ़ रहा था। एक दिन विद्यालय में छुट्टी के पश्चात् कुछ शरारती बच्चों ने सोमू की तरफ इशारा करते हुए कहा- यह लड़का चोर है, हमेशा विद्यालय के आस-पास घूमता रहता है, मारो इसे। कुछ बच्चों के उकसावे पर सभी बच्चों ने उसे दौड़ाना शुरू किया। कुछ उस पर पत्थर फेंक रहे थे। सोमू लहुलूहान होकर दौड़ता हुआ आया और माई की गोद में गिर पड़ा। माथे से खून बह रहा था। डाक्टर ने मरहम पट्टी करके उसे अस्पताल में भर्ती कर दिया। उसे काफी तेज बुखार भी हो गया था।

बुखार की हालत मे बालक सोमनाथ बड़बड़ा रहा था- नहीं मैं चोर नहीं हूँ, मैं भी तुम्हारे साथ पढ़ूँगा, मुझे मत मारो। मुझे मत मारो। माँई! माँई! बचाओ। माँई ने सोमू को गोद में भींच लिया- नहीं मेरे बच्चे, तू कभी चोरी नही कर सकता, तू तो एक दिन बड़ा आदमी बनेगा, नाम कमाएगा। तू जल्दी ठीक हो जा, मैं हेडमास्टर साहब से बात करूँगी; मैं उनके पैर पकड़ लूँगी, तेरा नाम विद्यालय में जरूर लिखाऊँगी।

तीन-चार दिनों में सोमू स्वस्थ हो गया। बुखार भी उतर गया। सरकारी अस्पताल से उसे छुट्टी दे दी गई। सोमू बोला- माँई, यहाँ कितना अच्छा है, भरपेट भोजन भी मिलता है।

माँई बोली- ''बेटा, आदमी निरोग रहे तो घर की सूखी रोटी भी यहाँ के भोजन से बेहतर है; ईश्वर न करे यहाँ किसी को आने की नौबत आए... चलो चलते हैं अपने घर।''

''लेकिन माँई अपना घर है ही कहाँ?''

'अपना घर मतलब रेलवे स्टेशन का मुसाफिर खाना; वही तो है अपना घर, चलो अब देर मत करो।''

पंडित जी अभी तक गाँव से नहीं लौटे थे। फूलो और कितना इंतजार करती। एक दिन बहुत हिम्मत करके हेडमास्टर साहब के ऑफिस तक गई, परन्तु अन्दर जाने की हिम्मत नहीं हुई। लौट के आ गई। फिर एक दिन हिम्मत करके ऑफिस तक गई, लेकिन अंदर जाने का साहस नही हो रहा था। सोचा, मास्टरजी जाने क्या-क्या पूछेंगे। क्या जवाब दूँगी। तभी चपरासी दौड़कर आया- ऐ माँई! अरे इधर कहाँ जा रही हो; ई हेडमास्टर साहब का ऑफिस है, यहाँ कुछ नहीं मिलेगा... बस्ती में जाकर माँगेगी तो कुछ मिलेगा भी।

फूलो हाथ जोड़कर बोली- बेटा, मैं माँगने नहीं आई हूँ; सिर्फ एक बार मास्टर साहब से मिलवा दो, तुम्हारा भगवान भला करेगा।

चपरासी बोला- माँई, क्या काम है, पहले बताओ तो... हेड मास्टर साहब से बोलना पड़ेगा न।'

फूलो बोली- 'बेटा, मेरा एक पाँच साल का बेटा है, उसका नाम लिखाना है।'

"ठीक है, मैं हेडमास्टर साहब से बोलता हूँ।"

हेडमास्टर हरिहर प्रसाद बड़े ही सरल हृदय के व्यक्ति हैं। उन्होंने बड़े ही ध्यान से फूलो की सारी बातें सुनी। उन्होंने जो भी पूछा, फूलो ने सभी बातें सच-सच बता दी।

हेडमास्टर साहब ने कहा- "बहन घबराओ मत, तुम्हारा बच्चा जरूर पढ़ेगा।" उन्होंने कुछ फार्म फूलों को देकर कहा, इसे किसी से भरवाकर कल बच्चे के साथ आना।' फूलो फार्म लेकर आ गई। उसे समझ में नही आ रहा था कि फार्म किससे भरवाया जाय। मंदिर के पास एक पान वाले भैया की दुकान थी। फूलो बहुत सोच समझकर पान वाले भैया के पास गई। पान वाले भैया ने फार्म देखकर कहा - "बहन, यदि मुझे फार्म भरना आता तो मैं क्या यहाँ पान की दुकान करता; मैं तो थोड़ा बहुत चिट्टी चपाटी पढ़ लेता हूँ बस! उसके आगे मैं एकदम जीरो हूँ। तू एक काम करना; जाके मंदिर के पंडित जी से फार्म भरवा ले।

फूलो बोली- 'भैया पंडित जी गाँव गए हैं। अभी तक लौटे नहीं है।'

पान वाले भैया बोले- 'धत् तेरे की! क्या बात करती हो; उन्हें अभी मैंने एक घंटा पहले देखा है।'

'सच भैया! मैं अभी जाती हूँ पंडित जी के पास।

फूलो को देखकर पंडित जी आश्रर्यचकित थे। उन्हें यह जानकर बहुत खुशी हुई कि बच्चे का भविष्य बनाने के लिए फूलों ने गुलगुलिया बस्ती को हमेशा के लिए त्याग दिया।

फार्म भरकर दूसरे दिन पंडित जी फूलो के साथ विद्यालय पहुँचे। बालक सोमनाथ का विद्यालय में दाखिला हो गया।

हेडमास्टर साहब ने पंडित जी से कहा- "आपसे एक अनुरोध है; स्वीकार करते तो बहुत अच्छा होता।"

पंडित जी बोले- आप निःसंकोच होकर बोलिए।

हेडमास्टर बोले- आप हमसे ज्यादा इस बहन को जानते हैं; इसके आगे पीछे कोई नहीं है... आप इनका स्थानीय अभिभावक बन जाते तो अच्छा होता, किसी भी तरह की सूचना हम आपको देते।'

पंडित जी बोले- ''यह मेरा सौभाग्य होगा... परोपकार के मामले में यह पंडित पीछे हटने वाला नहीं है।''

पंडित जी ने एक फार्म भरा और हेडमास्टर साहब को दे दिया। हेडमास्टर साहब ने धन्यवाद कहा और बोले- आपकी हिन्दी और अंग्रेजी दोनों ही बहुत अच्छी है; आप कहाँ के रहने वाले हैं?

पंडित जी ने मुस्कराते हुए कहा- 'यहाँ से सौ किलोमीटर दूर एक गाँव है, नाम है बसंतपुर; मैं वही का मूल निवासी हूँ। मैं एक गरीब परिवार से संबंध रखता हूँ। माता-पिता ने महाजन से कर्ज लेकर मुझे पढ़ाया लिखाया। पढ़ने के लिए मैं पूना गया; वहाँ से इलेक्ट्रिकल इंजीनियर बनकर लौटा। यह मेरा दुर्भाग्य था कि अच्छे मार्क्स होने के बावजूद कैंपस सेलेक्शन में मेरा चयन नहीं हो पाया। उसके बाद फिर मेरे संघर्ष के दिन शुरू हो गए. कई जगह फार्म भरा, साक्षात्कार दिया, लेकिन मन लायक नौकरी   नहीं मिली। कई जगह साक्षात्कार के बाद भारी रकम माँगी गई, जिसे मैं देने में असमर्थ था। मेरा कोई पैरवीकार भी नहीं था। अन्ततः थक-हारकर ठेकेदारी में काम किया, लेकिन मेरे स्वाभिमान ने मुझे वहाँ टिकने नहीं दिया। मास्टर साहब आप ही बताइए कि किसी इंजीनियर को एक अनपढ़ या मामूली पढ़ा- लिखा ठेकेदार छोटी सी बात के लिए सबके सामने जलील कर दे तो उस इंजीनियर के मन पर क्या बीतती होगी। मैं जिन्दगी से निराश एवं हताश हो चुका था। कुछ समझ में नहीं आ रहा था कहाँ जाउँ। दिन भर काम की तलाश में घूमने के पश्चात शाम को इस मंदिर के प्रांगण में आकर सो जाता था। इस मंदिर के महंत जी से मेरा परिचय हुआ, उन्होंने मुझे अपने पास रख लिया। मैं मंदिर की देखभाल में हाथ बँटाने लगा। महंत जी ने स्वर्गवास के पूर्व मंदिर की सारी जिम्मेदारी मुझे सौंप दी और ब्रह्मलीन हो गए, तब से मैं यही पर हूँ।

विद्यालय से बाहर आने पर पंडित जी ने फूलो से कहा- बहन अब तू मंदिर की सीढ़ियों पर मत बैठा कर; तू मंदिर में साफ सफाई कर, फर्श पर झाड़ू पोछा कर दिया कर... मंदिर में कोने में एक कमरा है, जहाँ झाड़ू वगैरह रख हुआ है, तू उसे साफ करके वहीं सोमू के साथ रहा करो, मैं सामू के लिए नए कपड़े एवं किताब कॉपी का इंतजाम करता हूँ।

कई वर्ष बीत गए। समय का घोड़ा दौड़ता रहा। बालक सोमनाथ अब सातवीं कक्षा में पहुँच चुका था। पढ़ने की जिज्ञासा ने उसे हमेशा क्लास में प्रथम स्थान दिलाया। पंडित जी की कृपा से उसे कभी कोई चीज की कमी नहीं हुई। विद्यालय से आने के बाद माँ का पैर दबाता और मंदिर के काम में सहयोग करता।

सोमनाथ विद्यालय से आने के पश्चात बस्ती के लड़कों को ट्यूशन पढ़ाने लगा। मेधावी तो वह बचपन से ही था। पढ़ने वाले लड़कों की भीड़ लग गई। ट्यूशन से प्राप्त आय को वह आगे की पढ़ाई के लिए जमा करने लगा। फूलमति का भी स्वास्थ्य अब पहले की तरह नहीं रहा। वृद्धावस्था आहट दे चुकी थी। शरीर में हमेशा कुछ न कुछ लगे रहता था। माता के इलाज में बालक सोमनाथ कोई कसर नहीं उठाता था। उसके जीवन में माता का स्थान सर्वोपरि था। माता की सेवा ही उसका धर्म था।

फूलमति की बीमारी बढ़ते ही जा रही थी। ज्वर उतरने का नाम ही नहीं ले रहा था। पंडित जी और हेडमास्टर ने कई अच्छे डाक्टरों को लाकर दिखाया, लेकिन कोई फायदा नहीं हुआ। एक दिन अंत समय जानकर फूलमति ने प्यार से सोमनाथ को बुलाया और कहा- 'बेटा, अब दुनिया से मेरे जाने का समय आ गया है; मेरे न रहने पर भी अपने को कभी अनाथ मत समझना, सबके नाथ भगवान भोलेनाथ हैं, उनका आशीर्वाद सदैव तुम्हारे साथ है। सोमू रोने लगा। बोला- माई ऐसा मत कहो, मैं तो जीते जी मर जाऊँगा। आवाज सुनकर पंडिती जी भी आ गए। बोले- बहन ऐसी अशुभ बातें मत बोलो- तुम्हें जीना पंड़ेगा... तुम्हे अपने बालक सोमनाथ के लिए जीना सैहै। तुमने कितने कष्टों से इसे पाला है; अब जब तुम्हारे सुख के दिन आ रहे हैं, तुम यूँही उसे छोड़कर नहीं जा सकतीं।

फूलमति के चेहरे पर एक फीकी सी मुस्कान आई। बोली- 'पंडित जी कितना दिलासा दीजिएगा; कष्टपूर्ण जीवन जीने की अपेक्षा ऊपर चले जाना ही अच्छा है।

पंडित जी बोले- बहन, संघर्ष का ही दूसरा नाम जीवन है; सुख के बाद दुःख और दुःख के बाद सुख यही तो जीवन की शोभा है... ये दोनों नदी के दो किनारे हैं, तुम्हें हिम्मत नहीं हारना चाहिए।

पंडित जी समझा के चले गए। फूलमति की बीमारी के कारण सोमनाथ की पढ़ाई में व्यवधान आने लगा। कभी-कभी सोमनाथ विद्यालय नहीं जाता, वह घर पर रहकर माई की सेवा करता।

फूलमति ने महसूस किया कि उसका इस घर में रहना सोमनाथ के भविष्य के लिए लाभदायक नहीं होगा। उसकी बीमारी के पीछे सोमनाथ परेशान रहेगा। वह पढ़ाई में पीछे हो जाएगा। कभी बड़ा आदमी नही बन पाएगा। उसे सोमू के भविष्य की ख़ातिर बड़ा निर्णय लेना ही पड़ेगा।

सोमनाथ अब दसवीं कक्षा का विद्यार्थी था। माई की बीमारी के चलते वह पढ़ाई में पर्याप्त समय नहीं दे पा रहा था, इस बात की उसे बहुत ग्लानि थी कि वह माँई की सेवा जितनी होनी चाहिए उतना कर नहीं पा रहा था। छुट्टी के पश्चात् वह लम्बे-लम्बे डग भरता हुआ मंदिर की तरफ चला जा रहा था। जाने क्यूँ उसका आज पढ़ाई में जरा भी मन नहीं लगा। घर पहुँचने पर सन्नाटा पसरा हुआ था... माई कहीं दिख नहीं रही थी। मंदिर के प्रांगण में एक छोटे से कमरे मे कुछ बर्तन एवं कपड़ों के सिवा और कोई संपत्ति नहीं थी। माई के कपड़े भी नहीं थे। माई बिना उससे बोले अपने सारे कपड़े लेकर कहाँ चली गई। मंदिर के आसपास उसने सभी जगह देख लिया। कहीं माई नहीं दिखी। कुछ अनहोनी की आशंका हुई। दिल घबराने लगा। अचानक उसकी नजर घड़ों के नीचे दबे एक कागज पर गई।

कागज पर माई ने हिन्दी में कुछ संदेश लिख छोड़ा था। माई ज्यादा पढ़ी-लिखी नहीं थी, पर गुलगुलिया बस्ती में एक समाजसेवी संस्था ने महिलाओं को कुछ पढ़ना-लिखना सिखा दिया था। माई ने लिखा था- 'पुत्र सोमनाथ! मेरे हृदयांश; मैं तुम्हें हमेशा के लिए छोड़कर जा रही हूँ। मैंने

अपनी कोख से तुम्हें जन्म तो नहीं दिया, पर भगवान भोलेनाथ ने मेरी गोद में तुम्हें सौंपकर मेरा जीवन सफल कर दिया, मैं धन्य हो गई। भिखारियों के बीच रहकर भी मैंने तुम्हें हमेशा बड़ा और महान बनाने का सपना देखा था। इधर कुछ दिनों से मेरी बीमारी के कारण तुम पढ़ाई से विमुख होते जा रहे थे... मेरे खराब स्वास्थ्य के कारण तुम विद्यालय नहीं जा पा रहे थे, इसलिए पुत्र मैंने गृहत्याग करने का फैसला लिया है। तुम जरा भी दुःखी मत होना, मैं जहाँ भी रहूँगी ठीक ही रहूँगी। तुम अपनी पढ़ाई पर ध्यान देना। अपने आपको कभी अकेला मत समझना, ईश्वर तुम्हारे साथ हैं। कुछ भी आवश्यकता हो तो पंडित जी एवं मास्टरजी से अवश्य सम्पर्क करना। दोनों बड़े ही भले आदमी है। मेरी जरा भी चिन्ता मत करना। अपनी पढ़ाई पर ध्यान देना। बड़ा आदमी बनकर गरीब-दुखियों की मदद अवश्य करना; हमेशा खुश रहना... तुम्हारी माई।

सोमनाथ के मुँह से चीख निकल गई- 'माई! तुम मुझे यूँ अकेला छोड़कर नहीं जा सकती।' वह तेजी से स्टेशन की तरफ दौड़ा। सारे प्लेटफार्म पर वह पागलों की तरह घूर रहा था। कदाचित कोई ट्रेन लेट हो और माई कहीं बैठी हुई मिल जाए। माई कहीं नहीं दिखी। हताश होकर वह एक बेंच पर बैठ गया और हथेलियों से मुँह छिपाकर रोने लगा। उसने कंधे पर किसी का स्पर्श अनुभव किया। सर उठाकर देखा पंडित जी खड़े थे। पंडित जी ने उसके आँसुओं को पोंछते हुए कहा- 'बेटा, चलो घर चलो।' अपने आपको सँभालो; तुम्हारी माई कोई साधारण महिला नहीं है, वह एक महान महिला है। सचमुच में वो भारतमाता है। उन्होंने तुम्हारे भविष्य के लिए जो त्याग किया वो सबके वश की बात नहीं है... चलो अपने माँई के सपनों को पूरा करो।

सोमनाथ पत्थर की मूर्ति की तरह बैठा रहा। बोला- 'मैं माँई के बिना नहीं रह सकता, मैं उनको खोजने जाऊँगा।

पंडित जी बोले- बावले मत बनो; पढ़-लिखकर बड़ा आदमी बनो, मैं खुद माई को खोजने तुम्हारे साथ चलूँगा... आज से तुम मेरे ही साथ रहा करोगे।

अक्सर सोमनाथ एकांत में गुमसुम बैठा रहता। पढ़ाई-लिखाई से मन उचट गया था। रुग्णावस्था में भी माई उसके लिए भोजन बनाकर उसका इंतजार करती थी, बिना खिलाए नहीं खाती थी। अब सूना घर उसे काटने दौड़ता था। विद्यालय से आने के बाद वह पास के रेलवे स्टेशन से जाकर बैठ जाता... कदाचित माई का मन नहीं लगे और वह दूसरी गाड़ी से लौटकर आ जाए।

हेडमास्टर साहब को सारी बातें मालूम हुईं तो वह जबरन सोमनाथ को अपने घर ले गए। पंडित जी भी मास्टर साहब की बात से सहमत थे कि स्थान परिवर्तन से सब कुछ ठीक हो जाएगा। मास्टर जी का बेटा पूना में एम0बी0ए0 की पढ़ाई कर रहा था। एक ही बेटा था, सो उसकी पढ़ाई-लिखाई मे कोई कमी नहीं थी। पढ़ाई महँगी थी, इसलिए उन्होंने बैंक से पन्द्रह लाख रुपये शिक्षा ऋण लिया था। घर पर सिर्फ पति-पत्नी थे। अपना घर था। कई कमरे थे। एक कमरा उन्होंने सोमनाथ को दे दिया। पत्नी से कहा - देखो, अब तुम्हारे एक नहीं दो बेटे हैं। पत्नी धर्मपरायण महिला थीं। पति की खुशी में ही उनकी खुशी थी।

समय आगे बढ़ता रहा। सोमनाथ अपनी मेहनत एवं लगन से भारतीय प्रशासनिक सेवा में प्रथम स्थान पाया। उसकी प्रथम नियुक्ति राँची में हुई। उसकी सफलता मे मंदिर के पंडित जी एवं मास्टर साहब का बहुत बड़ा योगदान था। उनकी हौसलाआफजाई से ही यह सब संभव हो सका था।

मास्टर साहब अवकाश ग्रहण कर चुके थे। बेटा एम0बी0ए0 करके एक प्रतिष्ठित कंपनी में अफसर था; अमेरिका जाने की तैयारी कर रहा था। वह सिगरेट एवं शराब का आदी हो चुका था। मास्टर जी बहुत दुःखी थे। कई बार समझाया, परन्तु उसने माता-पिता को ही डाँट पिला दिया। कहा- 'डैडी, दकियानूसी विचारों को छोड़िए, हाई सोसाइटी में सब चलता है।' मास्टर जी बोले क्या सभी एम0बी0ए0 पास लड़के शराब का सेवन करते हैं... बेटा यह तुम्हारे मन का भ्रम है; यदि तुम ठीक रहोगे तो क्या मजाल किसी की जो तुम्हें शराब पिला दे। बेटे पर मास्टरजी की बातों का कोई असर नहीं हुआ, वह इस मामले में बहुत आगे निकल चुका था।

एक वर्ष के पश्चात् मास्टर जी के पुत्र दिव्यांश का फोन आया- डैडी प्रणाम! मैं और रोजी अगले महीना हिन्दुस्तान आ रहे हैं, आपका आशीर्वाद लेने के लिए... जी हाँ, मैंने रोजी से प्रेम विवाह किया है, अब वह आपकी बहू है।

मास्टर जी बोले- 'बेटा तू तो हाई सोसाइटी का आदमी है, मैं क्या बोलूँ; मेरी सोसाइटी बहुत छोटी है, मैं आम आदमी हूँ... तुमसे मेरी एक विनती है, हमारे बुढ़ापे का तो खयाल करो, यहीं पर आकर रहो, हमें भी सहारा रहेगा, दिव्यांश ने फोन बंद कर दिया।

रोजी एक अमेरिकन थी। दिव्यांश के ऑफिस में साथ में ही काम करती थी। दोनों ने प्रेम विवाह कर लिया था। एक महीने की छुट्टी लेकर दिव्यांश घर आया हुआ था। बहू के पहनावे को देखकर दिव्यांश की माँ ने घोर आपत्ति जताई। दिव्यांश बोला- 'मम्मी, थोड़ा बर्दाश्त करो, वह हाई सोसाइटी की लड़की है, आजकल ये सब चलता है; फिर हम यहाँ रहने थोड़ी ही आए हैं; जैसे ही हमें कोई खरीददार मिलेगा, हम यह घर बेचकर चले जाएँगे।

मास्टर जी बोले- मैं यह घर बेचने नहीं दूँगा; कितने कष्ट उठाकर मैंने इस घर को बनाया, क्या बेंचने के लिए!

दिव्यांश बोला- 'ओह डैडी, आप बात समझते नहीं... मैं और रोजी मिलकर एक बिजनेस शुरू करने जा रहे हैं; काफी पैसों की जरूरत है। आज के जमाने में सिर्फ नौकरी से गुजारा थोड़े ही होता है; घर तो हमें बेचना ही पड़ेगा; आपके गुजारे के लिए तो आपकी पेंशन ही काफी है।'

मास्टर साहब चुप हो गए। इकलौता पुत्र था, खरी-खोटी भी नहीं सुना सकते थे। इकलौता होने का दिव्यांश ने पूरा अनुचित लाभ उठाया। एक बिल्डर की नजर बहुत दिनों से मास्टर जी की जमीन पर थी। उसे ज्यों ही मालूम हुआ कि घर बिक्री का है, उसने बाजार रेट पर दिव्यांश का घर खरीदने का सौदा पक्का कर लिया। मास्टर जी असहाय थे। उनकी आँखों के सामने उनका आशियाना उजड़ने वाला था। घर के एक-एक कोने को आँसू भरे नयनों से निहार रहे थे। कितनी यादें जुड़ी हैं। इस घर से। मन में

सोच रहे थे क्या सभी उच्च शिक्षा ग्रहण करके ऐसा ही करते हैं। उनकी समझ में नहीं आ रहा था कि दिव्यांश को एम0बी0ए0 पढ़ाकर उन्होंने सही किया या गलत किया।

मास्टर जी ने दिव्यांश को एक बार पुनः अपने फैसले पर पुनर्विचार करने को कहा, परन्तु दिव्यांश अपने फैसले पर अडिग था। मास्टर जी ने अपने बुढ़ापे की दुहाई दी। उसने पलटकर जवाब दिया- 'डैडी, आपके पास पेंशन है; कई नौकर चाकर मिल जाएगें सेवा करने के लिए; ज्यादा तकलीफ होने पर आप उस भिखारी के बच्चे सोमू के यहाँ चले जाइएगा, जिसे आपने मदद करके नौकरी के काबिल बनाया।

'खबरदार जो तूने उसे भिखारी कहा! वह गुदड़ी मे छिपा हुआ लाल है, तुमसे ज्यादा संस्कारवान है।' मास्टरजी गुस्से से थर-थर काँप रहे थे।

दिव्यांश ढिठाई से बोला- 'ओह डैडी, आप तो बुरा मान गए; ठीक है जब आपको लगे कि ऊपर जाने का समय आ गया है, मुझे एक फोन मार दीजिएगा, मैं हाजिर हो जाऊँगा।

मास्टर जी की धर्मपत्नी बेटे के व्यवहार से दुःखित थीं। क्रोधित होकर बोलीं- अरे मूर्ख! तू अभी से हमारे मरने की कामना करता है; तुझ जैसा नालायक पुत्र दुनिया में न होगा... हम तुम्हें अंति समय में भी फोन नहीं करेंगे; बस भगवान से यही प्रार्थना करेंगे कि तुम्हें सद्बुद्धि मिले... जहाँ भी रहो सुखी रहो।

दिव्यांश बोला- 'मम्मी तुम बहुत ही जल्दी इमोशनल हो जाती हो। हम भी यही चाहते हैं कि तुम्हारा बुढ़ापा अच्छी तरह से कट जाए, ताकि हमें इंडिया फिर नहीं आना पड़े। वैसे भी मेरी पत्नी रोजी है न, उसे इंडिया पसंद नही है... सी हेट्स इंडियंस।'

मास्टर जी ने धीरे से थकी आवाज में कहा- तू भी तो इंडियन है, तुझे उसने कैसे पसंद कर लिया?

दिव्यांश कुछ न बोला। कमरे से बाहर निकल गया। बिल्डर को घर खाली करवाने की जल्दी थी। उसने एक माह का समय दिया था घर खाली

करने के लिए। मास्टर जी चिन्तित थे। समझ में नहीं आ रहा था कि शीघ्र ही इतना सामान लेकर कहाँ जाएँ।

दिव्यांश, पाश्चात्य सभ्यता के रंग में पूरी तरह रँग चुका था। उसे माता-पिता अब पुराने विचार वाले लोग लगते हैं। माता-पिता की बात को वह सिगरेट की धुएँ की तरह हवा में उड़ा देता है। माता-पिता को अब भी विश्वास था कि पश्चिम का यह आकर्षण थोड़े ही दिनों का है। जिस दिन मोह भंग होगा, वह पुनः माता-पिता की शरण में ही आएगा।

दिव्यांश के अमेरिका जाने का समय आ गया था। जिस दिन फ्लाइट थी, उस दिन माता-पिता दोनों ने ही कुछ नहीं खाया। पुत्र विछोह से वह मर्माहत थे। कार में बैठते वक्त दिव्यांश ने कहा- 'डैडी, दो चार दिनों में घर खाली कर दीजिएगा; मैंने बगल वाले शर्मा जी से बात कर लिया है, दो रूम किराये पर देने को राजी हो गए हैं, किराया मैंने एडवांस दे दिया है। मम्मी - डैडी अपना खयाल रखिएगा, बाई!' वृद्ध माता-पिता कुछ बोलना चाह रहे थे लेकिन कंठ अवरुद्ध हो गया बोल नहीं पाए... हाँ आँखें जरूर अविरल बरस रही थीं। माता-पिता तब तक सड़क पर खड़े रहे, जब तक कार आँखों से ओझल नहीं हो गई। रात में भी दोनों पति-पत्नी ने कुछ नहीं खाया, यूँ ही सो गए।

दूसरे दिन दस बजते-बजते बिल्डर आ धमका। बोला- मास्टरजी कृपया दो दिनों में घर खाली कर दीजिए; मेरा काम फाइनल हो चुका है, दस दिनों के बाद घर तोड़ने का काम शुरू होगा। आपकी मदद के लिए मैं दो मजदूर दूँगा, आप जहाँ बोलेंगे, आपका सामान वहाँ पहुँचवा दिया जाएगा, मास्टर जी भावशून्य आँखों से बिल्डर की तरफ देख रहे थे- बोले मैं आज ही सारा सामान हटवा लूँगा, अब इस घर पर मेरा हक ही क्या रहा; जिसके लिए निर्माण किया था उसने ही बेदखल कर दिया।

'मास्टर जी आप कहीं नहीं जायेंगे; अब हम अपने घर चलेंगे। सामने सोमनाथ खड़ा था।

'अरे बेटा, अचानक यहाँ कैसे? न कोई फोन न खबर! तुम्हारी बड़ी कमी महसूस हो रही थी, मास्टरजी आश्चर्यचकित थे।

'गुरुजी, मेरी छोड़िए, पहले आप बताइए आप कैसे हैं; माताजी कैसी है? - सोमनाथ एक खाली कुर्सी पर बैठते हुए बोला।

'हम एकदम ठीक हैं बेटा।'

'नहीं, कुछ भी ठीक नहीं है; मुझे पंडित जी ने सब कुछ बता दिया है, इसलिए अचानक मुझे आना पड़ा। एक माई थी, वह भी मुझे छोड़कर जाने कहाँ चली गई... पिता का सुख क्या होता है, मैंने कभी जाना ही नहीं... अब आप ही मेरे माता और पिता हैं... चलिए अपने पुत्र के घर चलिए; पुत्र के होते हुए आप किराए के घर में नहीं रह सकते, धिक्कार है मुझे- सोमनाथ हाथ जोड़कर खड़ा था। आँखों से आँसू रुक नहीं रहे थे।

सोमनाथ का सरकारी बँगला सभी ऐशो-आराम से सुसज्जित था। नौकर-चाकर हाथ बाँधे खड़े थे। बँगले के बैठक रूम में माई की एक बड़ी सी तस्वीर लगी थी। सोमनाथ, तस्वीर के सामने खड़े होकर बोल रहे थे- माई मैंने अपने मास्टरजी का साथ नहीं छोड़ा है; देखो माई, मास्टरजी आए हैं, साथ में माताजी भी हैं।'

मास्टर जी अपलक नेत्रों से माई की तस्वीर को देख रहे थे। बोले- 'फूलमति, तूने अभावों में, कष्टों में रहकर भी कितना सुंदर संस्कार बालक सोमनाथ को दिया है; मैं शिक्षक होकर भी क्यों नही वैसा संस्कार अपने बेटे को दे पाया, तुम सचमुच में महान हो। मास्टर जी जमीन पर बैठकर फूट-फूटकर रोने लगे। सोमनाथ, रोते हुए माई की तस्वीर को आहिस्ता-आहिस्ता पोंछ रहे थे।